姉の代わりに推しの極上御曹司に
娶られたら、寵愛を注がれて懐妊しました

m a r m a l a d e b u n k o

有允ひろみ

marmalade bunko
マーマレード文庫

目次

姉の代わりに推しの極上御曹司に娶られたら、寵愛を注がれて懐妊しました

第一章　初恋の人・・・・・・・・・・・・・・・6
第二章　心から愛しいと想う人・・・・・・・・・67
第三章　何があっても愛すると決めた人・・・・・147
第四章　すべてを捧げたいと想う人・・・・・・・197
第五章　ともに歩んでいく人・・・・・・・・・・275
番外編　選び取りの儀式・・・・・・・・・・・・310
あとがき・・・・・・・・・・・・・・・・・・・316

姉の代わりに推しの極上御曹司に娶られたら、寵愛を注がれて懐妊しました

第一章　初恋の人

初恋の相手は、昔からとても美しい人だった。

もちろん今も素敵だし、年を追うごとにどんどん綺麗《きれい》になっていく。

明るいだけが取り柄の自分とは違って何をやらせても上手だし、真面目で実直。

御曹司だからちょっと世間知らずのところはあるけれど、それもご愛敬《あいきょう》だ。

「あ～ほんと素敵だなぁ」

窓から射す春の陽光を背に、谷光《たにみつ》紗英《さえ》は先日買ったばかりの大判のムック本を胸に抱きしめる。

本は、今見ている観賞用のほかに保存用と人に良さをわかってもらうための布教用があり、万が一のための予備用も合わせて同じものが四冊ある。

初恋の人は今や紗英の推しであり、欠かす事のできない生きる糧だ。

人間ではあるけれど、崇高すぎてもはや天人。

自室のクローゼットにはそんな推しのための特設コーナーが設けられており、毎日何かしらを眺めては、こうして至福の時を過ごしているのだ。

「紗英、何やってんの？」

紗英がニマニマと笑いながら本のページを繰っていると、部屋の入り口から姉の鈴《すず》奈《な》が、ひょいと顔を覗かせてきた。

「わあぁっ、びっくりした！」

紗英は思い切り驚いて、咄嗟《とっさ》に本を背中のうしろ手に隠した。

「あ、また推しグッズ愛《め》でてたんでしょ」

「当たり。っていうか、入る時はノックくらいしてよね！」

紗英が口をタコのように尖らせると、鈴奈もそれを真似る。

「ちゃんとノックしたわよ。夢中になりすぎて聞こえなかったんじゃないの？」

「そうかも。ところで、お姉ちゃんいつ帰って来たの？　帰国は明日じゃなかったっけ？」

紗英よりも二つ年上の彼女は、国際線のキャビンアテンダントをしている。姉妹仲はすこぶる良好だし、美人で才女の姉は昔から紗英の自慢だ。

それに引き換え紗英は、ちょっと目の大きいおかめ顔。鈴奈はすらりとしてスタイルがいいのに、紗英は寸胴《ずんどう》で凹凸に乏しい幼児体型だった。同じ両親から生まれたのに、どうしてこうも違うのか……。

唯一自慢できるものといえば、明るく前向きな性格と肩まで伸びたサラサラの黒髪くらいのものだ。

「予定が変更になって、昨日の夜遅くに帰国したの。それで、いつものように空港近くのホテルに泊まって、さっきうちに帰りついたってわけ」

「そっか。お疲れ様だったね」

「紗英こそ、毎日店番と配達ご苦労様。これ、パリのお土産。もう二十四歳なんだから、ちょっとは本腰入れてメイクしないと」

鈴奈が小さな紙バッグを片手でぶらぶらさせながら、紗英の背後をそれとなく覗き込む。紗英は礼を言いながら上手くそれをかわして、ムック本を素早くクローゼットの奥にしまった。

「だって、イマイチ似合わないんだもの」

「やり方が下手なのよ。ほら、ちょっとそこに座って」

言われるがままにベッドの上に腰かけると、鈴奈が紙バッグを探って中から口紅を取り出した。

「な、何するの？」

「何するのって、口紅を塗るのよ。ほら、口開けて」

「えええぇ……」

正直口紅を塗るのは、あまり好きではない。色付きのリップクリームならまだしも、口紅を塗ると、なんだかソワソワして落ち着かないのだ。

「えええぇ、じゃないわよ。ほらできた。今日はそのままお店に立ちなさいよ」

鈴奈はそう言い残すと、少し寝ると言って紗英の廊下向こうにある自室に去っていった。

時刻は午前八時五十分。

姉妹の実家は「谷光堂《たにみつどう》」という和菓子屋を営んでおり、紗英は店番と配達を担当している。営業時間は平日午前九時半から午後七時で、土曜日と祝日は閉店時刻が一時間早く、日曜日は休みだ。

（さぁ、そろそろ店を開ける準備をしないと）

紗英はクローゼットの取っ手に南京錠《なんきんじょう》で鍵をかけると、制服に着替えて店がある一階に下りた。紺のブラウスとバンダナに、黒パンツに同色のエプロン。

以前はえんじ色の甚兵衛《じんべえ》の上下だったが、紗英が本格的に店を手伝うようになったのをきっかけに今の制服に一新した。

母親の可子《かこ》とともにデザインと色を決めたそれは、動きやすい上に着心地がよく、四代目店主の父親・肇《はじめ》も大いに気に入っている様子だ。

「紗英、灘屋《なだや》さんのところに配達をお願い」

母親に頼まれ、紗英は二つ返事で厨房に向かった。

紗英が中に入ると、菓子職人の中田公一《なかたこういち》が練りきりを作っていた。

「公一さん、灘屋さんに持っていくのってこれ？」

「そうだよ。重いから気をつけてな」

「はい、行ってきます」

菓子箱が入った紙袋を持つと、紗英は勝手口から建物の外に出た。ドアを閉めると同時に武者震いをして、顔に満面の笑みを浮かべる。

「灘屋さんの配達、毎回緊張する～。落ち着いて、紗英」

灘屋というのは、歌舞伎界における屋号だ。

四百年を超す歴史を誇る歌舞伎だが、中でも灘屋は江戸《えど》時代から続いており、かなり格式が高い。

谷光堂は灘屋御用達の和菓子店であり、今日持っていくのは灘屋の刻印が押されたどら焼きだ。やや小さめに作られたそれは、ひとつずつ透明な和紙に個包装されており、生地の中には上品な甘さのあんこがたっぷりと入っている。

車で十数分の距離にある灘屋の本名は松蔵《まつくら》。舞台名と本名の姓が違うのが大半の歌舞伎界だが、灘屋は松蔵として芸事に携わっている数少ない例だ。

現在のトップは人間国宝にして紫綬褒章《しじゅほうしょう》などを受章した七代目松蔵虎之介《とらのすけ》で、その甥にあたる松蔵正三郎《しょうざぶろう》は稀代の名役者と謳《うた》われている。

「配達に行っても、駿《しゅん》ちゃんがいるとは限らないんだから」

駿ちゃん、こと松蔵駿之介《しゅんのすけ》――。

彼は紗英の初恋の人にして、生涯ただ一人の最推しのスターだ。

彼は江戸時代から続く松蔵家の御曹司で、将来は灘屋のみならず歌舞伎界の将来を背負って立つ期待の星と言われている。

容姿端麗で、圧倒的なオーラを持つ生粋の歌舞伎役者。その類まれなる美しさから現在は女方《おんながた》を務める事が多いが、立役《たちやく》もこなす。年齢は二十六歳で、その美貌と芸術的な資質は業界の枠を超えて注目を浴びている。

谷光堂と灘屋の関係は紗英の曾祖父《そうそふ》の代から始まっており、肇と正三郎は幼馴染にして無二の親友でもある。

紗英はもう何度も駿之介の舞台を観ているし、灘屋全体のものではあるが密かに後援会にも入っていた。会員は公演チケットを優先的に取れるし、一門の人気役者達のグッズを買う事ができる。

ブロマイドやステッカー、湯飲み茶碗に手ぬぐいなど、これまでに販売された駿之介のグッズは、すべて購入済み。スマートフォンの画像ファイルは彼の写真でいっぱいで、カレンダーアプリは駿之介が出演する公演や記事が掲載される雑誌の販売予定日を把握するためのものだ。

(映画やテレビ、ファッションモデル……駿ちゃんなら、何をやっても成功するんだろうな。でも、根っからの歌舞伎役者だから舞台以外には一切興味がないみたいだけど)

根っからの歌舞伎役者である彼は、四六時中舞台の事ばかり考えている真面目人間だ。そんなところも素敵だし、今まで浮いた話ひとつない清廉潔白さも推せる。

けれど、紗英は自分の初恋の人が駿之介であり、恋心が年々募るばかりなのをひた隠しにしていた。知っているのはごく親しい友達の一人だけ。

それというのも、駿之介にはすでに婚約者がおり、それが姉の鈴奈だからだ。

父親同士の縁で両家は昔から親しく行き来しており、ある時互いの長子を結婚させようという話になったらしい。

その結果、駿之介と鈴奈は幼い頃に親同士が決めた許嫁になり、成人してからは正式な婚約者となった。

このまま話が進めば、姉は俗にいう梨園《りえん》の妻になる。むろん、歴史ある歌舞伎界には多数のしきたりや決め事があり、誰でも簡単になれるわけではない。

まず、それにふさわしい所作ができる事はもちろん、見た目の美しさや常に夫を立てる控えめな態度も求められる。

なおかつ贔屓《ひいき》筋や後援会との繋がりを大切にし、季節の心得などの年間の行事にも精通していなければならない。言うまでもなく日頃夫が世話になっている役者や付き人達とも良好な関係を築いておくべきだし、跡継ぎを産み育てるのも大切な役割のひとつだ。

普通の女性なら尻込みをしてしまうほどたくさんのお勤めがあるが、鈴奈は健康的な美人である上に、頭の回転が速く社交性も抜群だ。

梨園の妻業は世間の人が思っている以上に激務だが、姉ならきっと上手くやれるに違いない。

何より、当人同士が婚約に同意しているのだから、二人が生涯のパートナーになる未来はもう決まっているようなものだ。

「あ～あ……お姉ちゃんはいいなぁ。私はこの先も駿ちゃんの幼馴染の域を出ないまま、義理の妹になるんだろうな」

その事を考えると、ため息しか出ない。

紗英は勝手口のドアの前で、ガックリと肩を落とした。その直後、急にドアが開いて中から公一が出てきた。

「あれ？　まだいたのか」

「え？　うん。配達前に、ちょっと気合いを入れてただけ。じゃ、今度こそ行ってくるね！」

公一に見送られ、紗英はそそくさと配達用のミニバンに乗り込んだ。チラリと勝手口のほうを見ると、公一が軽くストレッチをしているのが見えた。

今年三十路《みそじ》を迎えた彼は、紗英が十二歳の時に「谷光堂」に就職した。住まいは近くのアパートだが、もはや兄と言ってもいいほど家族のように慣れ親しんでいる。

そんな公一は以前和菓子のコンテストで優勝した経験もあり、父母は将来的に彼を婿養子にして「谷光堂」を継いでもらうつもりらしい。

つまり、姉妹のうちのどちらかが公一と結婚して店の跡を継ぐ事になるわけだが、鈴奈は松蔵家に嫁ぐ身であり、残る候補は紗英一人だ。

（公一さんは真面目ですごくいい人だし、お店を継いでもらうには彼以上に適任者はいない……。でも、私が結婚したいのは公一さんじゃないんだよね……)

紗英は元来和菓子好きだし、ほんのたまにだが提案したアイデアを新作に取り入れてもらえる事もある。

和菓子は奥が深く、誇る事ができる日本文化のひとつだと思うし、「谷光堂」を継ぐ事に異論はない。

けれど、そのために婿養子をもらうとなると、どうしても躊躇《ちゅうちょ》せざるを得なかった。

公一の事は好きだし、彼も紗英を妹のように可愛がってくれている。だが、兄妹のような二人が果たして夫婦になれるだろうか?

そもそも、公一にその気があるかどうかもわからない。それに、いくら店のためとはいえ、意に沿わない結婚をするなんて、時代遅れもいいところだ。しかし、これまで大切に守ってきた「谷光堂」を潰すような事はしたくない。

では、どうしたら一番いいのかと考えるが、これといった解決策が浮かばないまま今に至っている。

(いろいろと、ままならないなぁ)

ハンドルを握りながら、紗英は今一度ため息をつく。

紗英は駿之介のほかに好きになった人がおらず、物心ついてからずっと彼だけを想い続けてきた。

しかし、彼と夫婦になるなど夢のまた夢であり、それが実現しないのは重々わかっている。一方、公一は今や「谷光堂」になくてはならない存在であり、跡を継ぐなら彼との結婚は必須だ。

(だからって、一生に一度しかない結婚だよ？　公一さんと夫婦になれる？　ずっと寝起きをともにして、ゆくゆくは跡継ぎを……)

そこまで考えて、紗英は小さく身震いをする。

兄のように慕ってはいるけれど、どう考えても彼は生涯の伴侶にしたい人ではない。結婚というものは、本来心から好きだと思える人とすべきものだ。だからこそ、長い人生をともに歩み、子をなして育てていく覚悟もできるのだと思う。

そうかといって、恋愛を成就させて結婚に至るわけではないし、紗英の場合はあくまでも実る可能性がゼロの片想いだ。

(どうあがいても、無理なものは無理なんだよね)

これまでに何度となく自分にそう言い聞かせてきたが、わかり切った結論を導き出すたびに落ち込んでしまう。しかし、すぐに復活して性懲りもなく駿之介を想い続けるのが常なのだが――。

松蔵家の自宅前に着き、車を出入りの者専用の駐車スペースに止める。

インターフォンで住み込みの家政婦とやりとりをし、勝手口のドアを開錠してもらう。小さい頃、招かれて遊びに来た時は正面玄関から入ったが、仕事中の今はほかの業者同様勝手口を利用していた。

何度となく訪れている松蔵邸は豪邸と呼ぶにふさわしい外観で、駿之介のほかに彼の両親と父方の祖母が同居中だ。

母屋《おもや》から少し離れた庭の一画には二階建ての稽古場も併設されており、連日弟子達が通い詰めている。

何もかも破格で、庶民の暮らしとはかけ離れた世界だ。それでも、縁あってこうして頻繁に出入りさせてもらい、時折駿之介を見かけられるだけでもありがたいと思うべきなのだろう。今後も決して報われる事のない想いなど、さっさと捨てるべきなのはわかっている。けれど、初めての恋はそう簡単に消えるものではなく、切ない胸の痛みとなって紗英に何度となくため息をつかせるのだ。

「運命って、無情だよね」

紗英は独り言を言いながらエンジンを切り、車から降りた。それと同時に、車内であれこれ考えていた事へのうっぷんが口をついて出た。

「私だって、一度くらい恋愛がしたい！　好きな人とデートしたり、愛のある結婚生活について語り合ったりしたいのに……！」

　相手は当然駿之介一択だが、彼は姉の婚約者だ。ほかの男性に恋愛感情など持てるはずもなく、おそらく自分はこの先もずっと叶わない恋心を抱えたまま生涯を終えるのだろう。

「へえ。紗英はまだ一度も恋愛した事がないのか」

　突然背後から声が聞こえ、紗英はびっくりして飛び上がった。

　確かな聞き覚えがある声のほうを振り向くと、そこにいたのは駿之介だ。

「あっ」と声が出た拍子に足がもつれ、すぐ横の壁に背中が寄りかかった姿勢になる。

まさか、今の独り言を聞かれたのでは——。駿之介を前にして危機的状況に陥り、紗英の心臓が早鐘を打つ。

「なっ……なんで駿ちゃ……じゃなくて、駿之介さんが勝手口なんかにいるの!?」

「ちょうど出かけようと思っていたところに、勝手口に恋愛未経験の紗英の姿が見えたから来てみたんだ」

　ニヤリと笑う駿之介の顔には、明らかに面白がっているような表情が浮かんでいる。

舞台ではたおやかで楚々《そそ》とした乙女役を務めたり、恋に身をやつす妖女を演じたりする彼だが、普段はキリリとして男らしい美青年だ。

涼やかな目元はやや切れ長で、細くまっすぐな鼻筋はどこから見ても完璧な形状をしている。どこから見ても完璧で、非の打ち所がない。そんな美貌の彼が、自身が持つ色気を放ちながらグイグイと迫ってくる。

「ち、違うってば！　さっきのは冗談！　私だって恋愛経験のひとつや二つあるに決まってるでしょ」

心の動揺を悟られまいとして、やたらと声が大きくなる。

うるさかったのか、駿之介がほんの少し眉を顰《ひそ》めた。そして、紗英の背後にある壁に寄りかかるようにしてドンと両手をつく。

「こら、紗英。子供の頃に『嘘をついたら口が曲がる』って言われなかったか？」

まるで小さな子供をたしなめるような口調でそう言われ、正面から顔を覗き込まれた。彼と壁の間に挟まれたようになり、一瞬息が止まる。目をじっと見つめられて、思わず膝が折れそうになった。

「やっぱり嘘をついてるな？　紗英の口、すごくひん曲がっているぞ。それに、顔が赤鬼みたいに真っ赤だ」

「え？　ほんとに？」

紗英があわてて顔に手をやると、駿之介が横を向いてぷっと噴き出す。可笑しそうに忍び笑いをしている駿之介を見て、紗英は自分がからかわれている事に気づいた。

「ひん曲がってなんかないし、顔だって赤くないから！　駿之介さん、出かけるんでしょ？　こんなところで立ち話なんかしてないで、さっさと行ってちょうだい」

駿之介が壁から手を離した隙に、紗英は素早く横にずれて彼との距離を保った。

しかし、駿之介は執拗《しつよう》に追いかけてきて、正面からまじまじと紗英の顔を見つめてくる。間近で見る彼の顔は、正視できないほど美麗だ。

「紗英に〝駿之介さん〟って呼ばれると背中が痒くなる。無理してそう呼ばなくていいって言っているだろ」

〝駿ちゃん〟というのは二人が子供の頃からの呼び名だ。

けれど、最近ますます魅力的になってきた彼を目の当たりにして、さすがに〝ちゃん〟づけで呼ぶのはやめたほうがいいと判断した。だが、駿之介はそれが気に入らない様子だ。

「そんな事言ったって――」

「今度〝さん〟づけで呼んだら、紗英の事も〝紗英さん〟って呼ぶぞ」

「そ、それは嫌！」

「じゃあ、決まりだな」

そう言い残すと、駿之介は紗英に背を向けて悠々と正門のほうに歩み去った。そのうしろ姿を見送りながら、紗英は密かに地団太を踏む。

（もう！　人の気も知らないで……）

紗英が彼の呼び方を変えたのは、ほかにも理由がある。それは、駿之介と姉の婚約を仕方のない事として呑み込み、自分なりのけじめをつけるためだ。

今まで何度も別の方法で彼への想いを断ち切ろうとしてきたが、いつも失敗しては自分の気持ちの強さを思い知らされてしまう。

そんな苦労を駿之介が知る由もなく、またしても作戦は失敗した。この調子では、まだ当分彼への想いを断ち切れそうにない。

紗英はため息をつきながら勝手口のドアを閉めると、車から菓子箱入りの紙袋を取り出して母屋に向かうのだった。


「谷光堂」の店頭に初夏限定の琥珀糖《こはくとう》が並んだ日の夜、一家の一大事が勃発した。

場所は店の厨房の奥にある休憩室。畳敷きの八畳間には一枚板の座卓があり、家族四人がそれを囲むように座っている。

事の発端は、鈴奈が話があると言って家族全員を呼び出した事であり、紗英達は何事かと思いながらも、さほど緊張感もなく一堂に会した。

「実は、お腹《なか》に赤ちゃんがいるの」

「えええっ⁉」

鈴奈の告白を聞き、紗英は両親とともに仰天して大声を上げた。

「あ、赤ちゃんって……。相手は誰なの？」

可子が訊ねる横で、肇が口をパクパクさせる。ただでさえ驚いているのに、鈴奈がそれに追い打ちをかける。

「正一さんよ。私、彼の子を身ごもっているの」

妊娠したというだけでも驚きなのに、その相手が公一だと聞かされた時は紗英も両親も腰が抜けそうになった。姉曰《いわ》く、二人は二年ほど前から恋人関係にあったようで、今回の妊娠は自分達の将来を見据えての暴挙だったようだ。

「公一さんは悪くないの。私が彼に内緒で妊娠するように仕向けたのよ」

「公一を連れてこいっ。あいつからもきちんと話を聞かなけりゃ収まりがつかない」

「お父さん、落ち着いて！　鈴奈だって、よくよく考えての事だったんでしょうし」

肇が声を荒らげると、可子がそばに寄り添って夫の背中を撫でた。

「母さんは、この事を知ってたのか？　紗英はどうだ？　父さんだけが蚊帳の外で知らなかったってわけか？」

今にも泣きそうな顔をする父親を見て、紗英は困惑しながらも首を横に振った。

「私だって今初めて聞いたわよ。お母さんだって寝耳に水だったんじゃないの？」

紗英が問うと、母親が大きく頷いて鈴奈を見る。

「今日話すって事を、公一さんは知らないの。彼に妊娠したって言ったのも昨日だし、何もかも私が勝手にそうするって決めてやった事なのよ」

そこまで言うと、鈴奈はちゃぶ台の横に正座して、両親と紗英に向かって深々と頭を下げた。

「お父さん、お母さん、私と公一さんの仲を許して。私達に『谷光堂』を継がせてください。紗英、自分勝手な事をして本当にごめんなさい。でも、これが悩んだ末に出した答えだったの」

家族の誰よりも冷静沈着な鈴奈らしからぬ無謀な企てだが、それだけ切羽詰まっていたのだろう。

それにしても、紗英が公一と想い合っていただなんて、知らなかった。

まったく気づかなかったし、彼との仲の良さに関しては姉よりも自分のほうが上だと思っていたくらいだ。それくらい姉は公一に対して素っ気ない態度を取っていたし、彼も自分から鈴奈に話しかける事は滅多《めった》になかった。今思えば、それも自分達の仲を隠すためのカモフラージュだったのかもしれない。

「いったい、どうして……。そうならそうと、なんでもっと早く言ってくれなかったんだ。これじゃあ、正三郎に顔向けができない……」

項垂れる肇を見て、顔を上げた鈴奈が心底辛そうな表情を浮かべた。

「何度も言おうとしたわ。でも、お父さんが店の将来の事を嬉しそうに話すのを聞いたり見たりしてたら、言うタイミングが掴めなくて――」

「鈴奈、いくらなんでもこれはダメだろう」

「ダメと言われても、私は公一さんと一緒になるわ。本当に申し訳ないと思うけど、もしどうしても反対するなら、この家を出る覚悟よ」

声を震わせながらも、そうきっぱりとそう言い切る様子からは、何としてでも自分の意志を貫こうとする意気込みが感じられる。

現在はキャビンアテンダントをしている鈴奈だが、学生時代は進んで「谷光堂」の手伝いをしていた。店を思う気持ちは紗英と同じくらい深く強かった姉は、皆が知らない間に公一との愛を育み、彼とともに店を継ごうと決心したのだろう。

しかし、それは両家の間で交わされた約束を反故にするという事だ。

どうであれ、鈴奈にとって苦渋の選択であるのには変わりはない。

全員がそれぞれに考え込んでシンとなった時、勝手口のほうから誰かが歩いてくる音が聞こえてきた。皆がハッとして一斉に部屋の入り口を振り返ると同時に、渋茶色の単衣着物を着た駿之介が顔を覗かせた。

もしかして、今の話を聞かれたのでは――。

一同の顔が一瞬にして強張《こわば》る中、真っ先に声を出したのは紗英だ。

「駿ちゃん。こんな時間に、どうしたの?」

昔から家族ぐるみの付き合いをしている事もあり、駿之介がここに来る時はいつも開けっ放しになっている勝手口から呼び鈴を押さないで入ってくる。

しかし、もう午後八時を過ぎており、普段なら紗英がとっくに鍵を閉め終えているはずの時間だ。けれど、今夜に限っては姉と公一の話に気を取られ、うっかり施錠するのを忘れてしまっていた。

「こんばんは。遅くにすみません。実は父に急ぎのお使いを頼まれてしまって」

駿之介が差し出したちりめんの風呂敷の中には、行列ができる洋菓子店の箱が入っていた。笑顔が張り付いたままの両親と姉の代わりに、紗英はことさら元気な声で場の雰囲気を取り繕う。

「これってこの間テレビでやってたお店の箱じゃないの。もしかしてフルーツタルト？　私、すっごく食べたかったんだ～。みんなもそう言ってたよね？」

「ああ、そうだったわね。駿君、いらっしゃい。わざわざありがとうね」

「駿坊、いつも悪いな。正三郎に、よろしく言っといてくれ」

父母の態度は妙にぎこちなく、鈴奈に至っては作り笑顔を浮かべるだけで精一杯の様子だ。

しかし、いくら気まずいとはいえ、お使いに来てくれた人をそのまま追い返すわけにはいかなかった。

「せっかくだから、一緒にお茶でもどうかな？」

肇が言い、可子が新しく座布団を出して紗英が座っていた場所の横に置いた。

「そうよ。一緒にフルーツタルトをいただきましょ。駿君、ほら、ここに来て座って」

「じゃあ私、紅茶淹れてくるね」

紗英は鈴奈の様子を気にしながらも、店の厨房と隣り合わせている自宅用キッチンに向かった。勧められた場所に腰を下ろすかと思いきや、駿之介がなぜか手伝うと言って紗英のあとをついてくる。きっと父母と姉は、思いがけない危機を迎えて内心パニックになっているに違いない。

紗英はあえて駿之介の申し出を受け入れ、二人してキッチンに入って紅茶を淹れる準備をする。

今でこそ回数は激減しているが、幼い頃から互いの家には何度となく行き来している。当然ある程度物の置き場所も把握しており、紗英がお湯を沸かしている間に駿之介が茶器を用意してくれた。

(気まずい……さすがにこれは、いろいろな意味で気まずすぎる)

想い人と二人きりになっている上に、彼も関係している大問題が起きているのだ。様々な感情が入り混じって心臓はバクバクだし、そのせいかカップをトレイに載せる手が微かに震えている。

「どうかした?」

駿之介に訊ねられ、紗英は極力平静を装って首を横に振った。

「べ、別に何も……」

「そうか? さっき少しだけ揉めているような声が聞こえたけど」

そう言いながら、駿之介が横から顔を覗き込んできた。目が合い、途端に表情管理ができなくなる。

「も、揉めてなんかないわよ。ただちょっと、新作の和菓子について意見を戦わせていただけ――」

話している途中で、腕を取られ身体の向きが変わった。

駿之介と正面から見つめ合う格好になり、そのままじりじりと詰め寄られる。

「紗英は昔から嘘をつくのが下手だよな。今だってそうだ」

くっきりとした二重瞼に目を奪われそうになりながらも、紗英は彼と見つめ合ったまま後ずさり、無言の抵抗を試みる。

「立ち聞きするつもりはなかったんだけど、みんなの話す声が勝手に聞こえてきたんだ。鈴ちゃん、『私と公一さんの仲を許して』とか『反対するならこの家を出る』とか言っていたよな。それに、鈴ちゃんが公一さんに内緒で妊娠するように仕向けたとかなんとか……」

ほぼ、ぜんぶ聞かれている――。

目の前が真っ暗になった気分になり、紗英は目を閉じて駿之介の顔を視界から締め出した。

知られてしまったのなら、下手に隠し立てをしないほうがいい。

そう判断した紗英は、ついさっき鈴奈から聞かされた事実を手短に話した。じっと耳を傾けている駿之介は、終始無言だ。

「本当にごめんなさい！　何と言ってお詫びすればいいか……」

話し終えた紗英は、身体を折るようにして駿之介に謝罪した。彼と姉の婚約を知った当初は、何度となく破談になればいいと思ったりしていた。けれど、だからといって自分と駿之介が結ばれるわけでもないし、こんな形で壊れるなんて望んでいなかった。

これでは松蔵家に対して申し訳が立たない。紗英は恐る恐る上体を起こし、駿之介の前でかしこまった。

「なるほどね。これは一大事だ」

妙に冷静な駿之介の声が、事の重大さを物語っているみたいだった。

これでもう万事休すだ――。

長く続いた両家の信頼関係は、谷光家の不祥事をきっかけに崩壊する。

下を向いて足元を見ていると、幼い頃ともに遊んだ時の駿之介の顔が、次々に思い浮かんだ。

仕事や家族間の交流を通して彼と近しく接してきたが、これも今夜限りだと思うと切なくて泣きたくなる。

「駿君、私がやるから座ってて」

休憩室のほうから可子の声が聞こえてきて、廊下を歩くパタパタという足音が近づいてきた。

今来られても、気まずさが増すだけなのに――。

紗英が困り顔をしていると、駿之介が紗英の肩を引いて耳元に唇を寄せた。

「心配するな。ぜんぶ僕に任せておけ」

「え？」

何かを聞く暇もなく顎を掴まれて、上を向かされる。その直後、駿之介の顔が目前まで近づき、二人の唇がぴったりと重なった。

いったい、どういう事!?

驚きのあまり動けずにいると、彼の背後で可子の足音がぱたりと止まった。

「あら、ら、ら……」

母の戸惑う声が耳に入り、紗英はようやく我に返った。

唇が離れ、駿之介が紗英の肩を抱き寄せながら可子のほうを振り返る。

「鈴ちゃんと公一さんの件、今紗英ちゃんから聞きました。実は、僕達も前から付き合っていたんです」

「ええっ⁉　そ、そうなの？」

可子が目を丸くして驚き、紗英と駿之介の顔を交互に見る。

「そうだよな、紗英ちゃん」

肩を軽く揺すられ、紗英は反射的に頷く。まったくもってわけがわからないが、今は彼に任せておくほかはなかった。

「まぁまぁあまあ……ちょっと、お父さぁん！」

可子が休憩室に駆け戻ったあと、駿之介に促されて紅茶を淹れ、トレイの上に載せる。駿之介がそれを運び、紗英はキツネにつままれたようになったまま、彼のあとをついて休憩室に向かった。そして、唖然とした表情を浮かべている両親と鈴奈の前に並んで腰を下ろす。

「驚かせてしまってすみません。僕達と鈴ちゃん達の件については、近々両家で話し合いの席を設けましょう」

そう言うと、駿之介はまだ湯気が出ている紅茶にふうふうと息を吹きかける。

「できるだけ早いほうがいいでしょうし、予定のすり合わせは僕と紗英ちゃんが連絡を取り合って決める事にしますね。それでいいかな？」

駿之介に同意を求められ、紗英は頷きながら強いて微笑みを浮かべた。

それからみんなしてフルーツタルトを食べ、紅茶を飲む。その間に話したのは、当たり障りのない雑談ばかりだ。

「じゃ、そろそろ帰ります」

まだ少し湯気の出ている紅茶を一気に飲み干すと、駿之介が颯爽《さっそう》と帰っていく。

残された紗英達は、彼を見送りながら未だ唖然として口が開いたままだ。

「あんた達ったら、いつの間にこんな事に……」

可子がそう言ったのをきっかけに、休憩室の中に混乱が戻ってくる。

「こりゃあ、大変だ。大変すぎて頭がこんがらがってるぞ」

肇が頭を抱え、鈴奈は目を大きく見開きながら紗英に詰め寄ってきた。

「ねえ、本当なの？　本当に、駿ちゃんと付き合ってるの？」

鈴奈が一筋の希望を見出《みいだ》したといったふうに、期待を込めた目で紗英を見る。

そう聞かれたら、今はとりあえず頷いておくしかない。

「うん、まあ……」

紗英の返事を聞いて、鈴奈が心底ホッとしたように表情を緩めた。両親も複雑そうではあるものの、少しだけ安堵《あんど》したような顔をしている。

三人の顔を横目に、紗英はぬるくなった紅茶をひと口飲んだ。

紗英だって、頭がこんがらがって何がなんだかわけがわからない。しかし、わからないながらも、ひとつだけはっきりしている事がある。

さっき、確かに駿之介にキスをされた――。

その時の事を思い出して、紗英は今飲み込んだばかりの紅茶にむせて咳き込んだ。

何度か駿之介と夫婦になる夢を見た事があるが、それはいつもぼんやりとしたもので、まるで現実味がないものばかりだった。

それなのに、いきなり駿之介とキスをして、まさかの交際宣言をしてしまった。

むろん、今回の事は鈴奈の妊娠騒動がきっかけの嘘にすぎないが、彼とキスをしたのは本当の事だ。

(駿ちゃんとキスをしたなんて、まるで夢みたい。……えっ、もしかして夢?)

紗英は無意識に自分の膝をピシャリと叩き、その痛みに驚いて目をぱちくりさせる。

心底惚れ抜いている人との間に、信じられない事が起きた。本当なら叫び出したい気分だが、そうもできないまま紅茶を飲み干してカップを受け皿の上に戻す。

さっきからずっと感じている家族達からの視線が、紗英の顔をどんどん真っ赤にする。

これ以上ここにいては質問攻めになるとばかりに、紗英は無言のまま休憩室を出て急ぎ自室へと逃げ込むのだった。

◇　◇

これは、またとないチャンスだ。

谷光家への使いを終えて帰宅した駿之介は、思いがけない幸運を手にして興奮冷めやらないまま自宅に帰りついた。すでに一階のリビングには誰もいない。

二階にある自室に入ると、窓を大きく開けて空を仰ぐ。

幼い頃に父親同士の意向で、将来谷光鈴奈と結婚すると決められた駿之介だが、周りの盛り上がりをよそに当人同士はいたってクールだった。

もとより鈴奈は、そんな決定は気にも留めていない様子で、年頃になるとそれなりに恋愛を楽しんでいたようだ。

かたや駿之介は幼少より芸を磨くのに忙しく、恋愛に興味を持たないまま思春期を迎えた。

言い寄ってくる女性はいたが、付き合おうという気にならないどころか、煩わしいとすら思ってしまう。

そんな駿之介が唯一、一緒にいて楽しいと思えるのが紗英だ。

いつも元気ではつらつとしており、常に笑顔を絶やさない。人一倍素直で優しい性格をしており、何をするにしても努力を惜しまない真面目さもある。

やや垂れ目気味の目元は親しみが持てるし、丸い鼻やふっくらとした頬は見るたびにつつきたくなるほど愛らしい。

さほどおしゃべりではない駿之介だが、紗英となら話題は尽きないし、時には腹を抱えて笑い合う事もあった。

厳しい芸事の世界に身を置く駿之介にとって、紗英は心のオアシスのような存在だ。紗英が笑うと、自分まで嬉しくなる——。

そんな気持ちがいつしか淡い恋心に変わったのは、駿之介が高校一年生の春だ。

谷光姉妹とは幼稚園から中学校まで一緒で、高校進学を機に会う機会が激減した。

同じ学区内とはいえ、自宅は区域の端と端だ。

父親同士が懇意で灘屋が「谷光堂」の顧客であっても、一時期紗英とまったく顔を合わせない日々が続いた。ふとした時に何の脈絡もなく彼女の顔が思い浮かび、理由もなくソワソワして落ち着きをなくす。

そんな自分を変に思って友人に相談すると「それが恋というものだ」と断言されてしまった。

（僕が紗英を？　まさかそんなはずはないだろう）

一時は、そう思い笑い飛ばして終わらせようとしたものの、なぜか友人の言葉が胸に引っかかった。よもやと思いつつも、念のため自分の中で紗英がどんな位置にあるのかを熟考してみた。

幼馴染にして妹のような存在なのは言うまでもない。異性でありながら気楽に話せるし、互いに気心が知れている。容姿も性格も好ましく、紗英となら、いつどこで何をしていても苦にならないどころか、そんな時間がずっと続けばいいとさえ思っている自分に気づかされた。

しかし、それだけでは今ひとつ決定打にならず、再度友人に相談したところ「その人がほかの男に取られると想像してみたらいい」とアドバイスをされた。

なるほどと思い試しにやってみようと思ったが、実行に移すまでもなく、そんな事は断じてあってはならないと判断を下した。

それでようやく自分が紗英に恋愛感情を抱いていると自覚し、すっきりした気分になった。

以来、それとなく紗英の様子を窺ったり、彼女の家族に探りを入れたりして、彼女の事を見守り続けてきた駿之介だ。

鈴奈と許嫁になっている件を忘れてはいなかったが、当人同士はまったくその気はなかったし、さほど問題視していなかった。しかし、今年になってすぐに、父親から紗英と菓子職人の公一を結婚させて「谷光堂」を継がせるという話が出ていると聞いた。

令和の時代に、何を古臭い事を――。

許嫁の件もそうだが、明らかに時代にそぐわない。けれど、歌舞伎界同様古くから受け継がれてきた和菓子屋の歴史には、それ相応の重みというものがある。

それに、紗英は「谷光堂」を心から大切に思っているし、公一との結婚はともかく、店を継ぐのは願ったり叶ったりだろう。

結婚などまだ先の話だと思っていたが、考えてみれば紗英は適齢期を迎えている。

にわかに焦り始めた駿之介だったが、だからといって何をどうすればいいのか皆目見当がつかない。

いろいろと思い悩んでいたところに、思いがけず突破口ができた。

鈴奈が公一の子を身ごもり、二人は結婚して「谷光堂」を継ぐ事を希望している。

できる事なら、このチャンスをものにして紗英と結婚する未来を切り開きたい。

咄嗟の判断で紗英にキスをして交際宣言をしたのは、今振り返ってみても大正解だったのではないかと思う。

なぜなら、紗英はともかく彼女の両親や姉は、二人が付き合っていると聞いて嫌な顔ひとつしなかった。驚いてはいたが、むしろ喜んでいるようにも見えたし、紗英自身も拒むようなそぶりは一切なかったように思う。

いずれにせよ、せっかくのチャンスだ。

いささか性急すぎるような気もするが、こうなったら早急に紗英の気持ちを聞き、自分との結婚についてどう思うかを聞いてみなければならない。

もし紗英が前向きに考えてくれるなら、これ以上嬉しい事はない。

ただ、自分との結婚はただ妻になるだけではなく、歌舞伎界に足を踏み入れるという事だ。

いわゆる梨園の妻になるわけだが、実のところこれが一番の難関であり、軽い気持ちでなったり、なってくれと頼めるものではなかった。

歌舞伎界は古くからの慣習が色濃く残っており、役者のみならず配偶者も想像以上の激務を強いられる。

そうでなくても、新たに歌舞伎役者の妻になった者は周囲から常時監視の目を向けられ、そのプレッシャーたるや胃に穴が開いてもおかしくないレベルだ。

明るく前向きな紗英だから、上手く立ち回ってくれるだろうとは思う。けれど、誰が好き好んでそんないばらの道を選ぶのかと思うし、現に駿之介の母親は若い頃相当苦労していた。

紗英を幸せにしたいと願う気持ちは誰にも負けないと自負しているが、自分との結婚は紗英を不幸にしてしまう可能性もあるのだ。

そう考えると、今日自分が仕掛けた事がとてつもなく自分勝手な行為だったように思える。

（いや、いきなり唇を奪った時点で、十分すぎるほど自分勝手だろ）

駿之介は自分を諌めながら、紗英の事を想った。

キスをした時に特別怒っている様子もなかったし、もしかすると少しは自分の事を想ってくれているのでは――。

そう期待する気持ちは大いにあるが、実のところもうひとつ心配の種がある。

それは、紗英の和菓子愛であり「谷光堂」に対する愛着だ。

もし彼女が自分の妻になる決心をしてくれたとしても、紗英はこれまでどおり店の手伝いを続けたがるのではないだろうか。

しかし、歌舞伎役者の妻になるのなら、十中八九「谷光堂」の店頭に立つ暇などなくなってしまう。

その事が紗英を不幸にするなら本末転倒だし、そうであればこのまま自分の計画を進めていいのかどうか疑問だ。

だが、どのみち両家の話し合いの席は設けなければならないし、その時に紗英の気持ちを確かめる事ができるかもしれない。

いずれにせよ、もう賽は投げられた。

紗英の気持ちを最重視するのは言うまでもないが、駿之介としても彼女に対する想いを中途半場に終わらせたくなかった。

もともと、一度こうと決めたら最後までやり抜かねば気が済まない性格だ。

(弱気になってどうする。ここは、何としてでも紗英の気持ちを掴んで結婚を承諾してもらう気で挑まないと)

話し合いの場は、いわば自分にとって一生を左右する大舞台だ。

やるからには、ぜったいに成功させてみせる——。

そう固く決心すると、駿之介は紗英の笑った顔を思い浮かべながら、頭の中で当日の予行練習を始めるのだった。

◇◇

駿之介が決めてくれた両家の話し合いの日当日。

集まったのは松蔵家のリビングで、谷光家からは紗英と両親と姉の四人。松蔵家は駿之介と、その両親に同居中の父方の祖母が顔をそろえた。

洋風な外観とは違い、建物の内装は和風モダンでどっしりとした趣がある。

リビングの壁には作り付けの本棚があり、そこには歌舞伎に関するたくさんの資料が整然と並べられていた。

時刻は午後八時。

天然木の長テーブルを挟んで、それぞれの家族が白革のソファに腰かける。年齢順に上手から座ったので、紗英の前は駿之介だ。

家政婦がお茶を配り終えて退室したのち、濃紺の駒絽《こまろ》に同色の羽織を着た駿之介が小さく咳払いをする。

「では、僭越《せんえつ》ながら僕が話し合いの口火を切らせていただきます」

事前に取り決めてあったのか、松蔵家の人達が一様に頷いて、谷光家もそれに続く。

「まずは、ここにいる皆さんを驚かせてしまった事をお詫びします」

駿之介が頭を下げると、紗英もあわててそれに倣った。

「古くからの付き合いがある両家です。妙に堅苦しい言い回しはしないで事実のみを手短に話しますと、僕と紗英ちゃんは今から二年ほど前から恋人としてお付き合いをしていました」

「二年ほど前……という事は――」

肇が口を挟み、鈴奈と顔を見合わせる。

「はい、鈴ちゃんと公一さんが付き合い始めたのとほぼ同時期です。もちろん、双方とも自然にこうなっただけで意図的なものではありません」

駿之介に視線を送られた鈴奈が、同意するように頷く。

「ただ、実は僕も紗英ちゃんも、本当は鈴ちゃんと公一さんの仲については前から薄々気がついていたんです。二人が想い合っている気持ちは本当のようだったし、だからこそ自分達の事も含めて、できるだけ早く皆さんにお知らせしなければならないと思っていて――」

駿之介と目が合い、紗英はここで自分が援護射撃をすべきだと判断した。

空色のワンピースの生地をギュッと握り締めると、紗英は思い切って話し始める。

「そ、そうなんですっ……。黙っててごめんなさい。みんなにどう上手く説明しようか悩んでいる間に、タイミングを逃してしまって……。本当に申し訳ありません」

紗英は再度一同に向かって頭を下げ、駿之介と視線を交わした。彼は、よくやったというように微笑みを浮かべ、改めて皆のほうに向き直った。

「僕達が付き合ったきっかけは、僕からのアプローチです。紗英ちゃんの事は小さい時から知っていたし、以前は可愛《かわい》い妹のような存在でした。でも、紗英ちゃんの良さを知るにつれ、だんだんと気持ちが変化していったんです」

「じゃあ、初めは駿之介の片想いだったって事？」

駿之介の祖母である千歳《ちとせ》が、愉快そうに孫息子の顔を見る。

「そうですよ」

駿之介が、鷹揚《おうよう》に微笑みを浮かべる。彼は二人がいかに想い合っているかを語り、どうやって愛を育んできたのかをわかってもらうために熱弁をふるった。真実さながらの二人の恋バナに、紗英を除く全員が納得したような表情を浮かべる。

駿之介が、ここまで頑張ってくれているのだ。彼にばかり負担をかけられない。

紗英は二度目の援護射撃をすべく、声を張って話し始める。

「私だって、ずっと駿ちゃんに片想いをしてました！　だけど、駿ちゃんはお姉ちゃんの許嫁だったし、諦めるよりほかはないと思っていて――」

一度話し始めたら、これまで抑え込んでいた気持ちが一気に溢れ出した。

「だけど、本当は駿ちゃんと結婚したかったんです。ずっと好きだったし、結婚するなら駿ちゃんとって思ってました。それくらい大好きだったし、現在進行形で想いが募る一方なんですっ！」

言いながら、紗英の顔は熟れたリンゴのように真っ赤になる。

駿之介との話はまったくの嘘なのに、うっかり自分の本当の気持ちを打ち明けてしまった。

まったく、恥ずかしくて、このまま消えてしまいたいくらいだ。

しかし、幸いな事に今の発言は双方の両親と千歳の心を大きく動かしたみたいだ。

「そこまで駿之介の事を想っていてくれたなんて……。うちと谷光家は古くからの付き合いだし、それもありかなと思って黙っていたけれど、大事なのは本人達の気持ちだわ。そもそも、親の意向で結婚を決めるなんて時代に沿わないしね」

千歳が言い、息子夫婦を見る。

彼女の夫である松蔵伊左衛門《いざえもん》は、人間国宝はもとより国内外の勲章を数多く賜り、歌舞伎界随一の至宝とも呼ばれた人だ。

そんな夫を最期まで支えた彼女は、結婚して引退するまで誰もが知る名女優だった。今でこそ第一線から退いてはいるが、未だ梨園の妻の鑑と謳われる歌舞伎界を支える重鎮の一人だ。つまり、千歳の発言により、紗英と駿之介の結婚は許されたも同然だった。

「そうですね。本人達の意志が決まっているのなら、我々はそれを後押しして見守っていくのが筋でしょう」

正三郎が言い、肇と頷きながら顔を見合わせた。その横で、母親達も同意する。

この場にいる全員の意見が一致したのだから、もう何も問題はない。

「じゃあもういっその事、二組同時に結婚話を進めましょ」

千歳の鶴の一声により話は一気に具体的になり、急遽《きゅうきょ》公一も呼ばれて想い合う者が四人そろった。

「では、この場でスケジュールのすり合わせをしてしまいましょう」

駿之介が言い、それぞれの予定を聞いた上で、挙式が可能な日をピックアップしていく。その結果、挙式日が決まり会場も確保できた。婚姻届は式を挙げてすぐに出すとして、あっという間におおよその段取りができてしまう。それも、駿之介が事前に、あれこれと下準備をしてくれていたおかげだ。

話し合いが無事終了したのち、紗英達は着物から洋服に着替えた駿之介に、車で自宅まで送ってもらった。

その後、二人だけのドライブに誘われ、紗英は今、彼の車の助手席に乗って首都高速湾岸線を南に向かってひた走っている。

『少し話したい事があるんだ』

車が走り出してすぐにそう言われたが、駿之介は皆と一緒の時とは打って変わって無口になっている。

紗英はそれをいい事に彼の横顔を見つめ続けていたが、さすがに長すぎる沈黙に耐えきれなくなってきた。

(さっきまでは、あんなに饒舌《じょうぜつ》だったのに……。無理もないよね。きっと内心焦ってるんじゃないかな。行きがかり上とはいえ、私との結婚話が持ち上がっちゃったんだもの)

二人が付き合っているという設定は、もとはといえば鈴奈と公一の結婚を認めさせるための方便だ。

できる事なら、このまま知らん顔して駿之介と結婚してしまいたい。だが、嘘は嘘でしかないし、自分と彼とではどう考えても不釣り合いだ。

（とにかく、私はもうこの家を出ないと……）

鈴奈が公一と結婚して「谷光堂」を継ぐのなら、自分はもう身を引いて店の事は二人に任せるべきだ。長い間「谷光堂」を継ぐものだと思って生きてきたから、寂しくないと言えば嘘になる。

けれど、これを機に家を出て人生初の一人暮らしを始めてもいいかもしれない。

当然戸惑いはあるし、一人暮らしへの不安もある。しかし、姉は相応の覚悟を決めて公一と店を継ぐ道を選んだのだろうし、どう考えても愛し合う二人が結婚して店を継ぐのが一番理想的だ。

二人の仲を家族に明かしてから今日までの間に、鈴奈は公一とともに床に頭を擦りつける勢いで謝ってくれた。その気持ちは十分すぎるほど受け取っているし、紗英としても望まない結婚をしなくても済むのだから、二人の選択に賛同こそすれ、異を唱える気など一ミリもない。

一時はどうなる事かと思ったが、鈴奈と公一に関してはこれで一件落着だ。

一方、自分はといえばこの数日間、駿之介の結婚相手気分を味わえた。

それだけでもう十分だし、これを機にきっぱりと恋心は封印して、歌舞伎役者としての彼を推す事だけに集中しよう。それに、一人暮らしをすれば、もうクローゼットの奥に推しグッズを隠す必要はない。

長年住み慣れた家を出るのは名残惜しくもあるが、遅かれ早かれ実家は出なければならないのだ――。

「いろいろと気を遣って、疲れただろう？」

「えっ？」

ふいに運転席から話しかけられ、びっくりして素っ頓狂な声を出してしまった。

「ううん、私よりも駿ちゃんのほうが疲れたでしょ。それなのに、送ってもらっちゃってごめんね」

「僕なら大丈夫だ。思えば、子供の頃は家族同士でよく出かけたけど、こんなふうに紗英とドライブするのって初めてだな」

「そうね。あの頃は楽しかったな。どっちの親も何かと忙しいのに、よくいろいろなところに連れて行ってくれたよね」

遊園地や動物園、美術館巡りや一、二泊の旅行など、双方の両親は子供達の記憶の中に様々な想い出が刻まれるよう心を砕いてくれた。大きくなるにつれて回数は少なくなったものの、そんな時間があったからこそ、今もこれほど親しい関係でいられるのだ。

「そういえば、この間の舞台でおじ様と親子共演をしたんでしょ？」

駿之介は、つい先日都内での「令和灘屋《れいわなだや》」と銘打たれた歌舞伎公演を終えたばかりだ。

灘屋一門が多数出演する舞台で、彼は父親の正三郎とともに「連獅子《れんじし》」を踊った。

「連獅子」は、獅子が我が子を谷底に突き落とし、這い上がってきた強い子のみを育てるという伝説に基づいた演目だ。二人の獅子の精霊がそれぞれに赤と白の長い毛を豪快に振り回すシーンは、歌舞伎に詳しくない人でも知っているのではないだろうか。

「久々の親子共演を、お客様に喜んでもらえてよかったよ」

「今日は話す暇がなかったけど、うちの両親も大絶賛してたわよ」

紗英の両親は、時折松蔵親子が出演する舞台を夫婦そろって観に行っている。

時折紗英も同行するが、それとは別に、こっそり一人でも駿之介の舞台に足を運んでいた。仕事が許す限り地方公演にもついて行き、全日程の中で少なくとも二回は観に行く。

今回も一階と二階席から駿之介の舞う姿に心酔して、席を立つ足元がおぼつかなくなったくらいだ。

「それは嬉しいな。それはそうと、車に乗ってからさっきまで、めずらしくずっと黙ってたな」

「め、めずらしくって何よ。まるで私がひっきりなしに何か喋ってるみたいじゃない」

「だって、実際にそうだろう？」

確かに、駿之介といるといつも以上に饒舌になる。

それは言うまでもなく照れ隠しであり、自分の気持ちを彼に悟られまいとする防衛本能が働くせいでもあった。

彼のほうから話しかけてくれた事もあり、紗英は思い切って口火を切る。

「ところで、さっき言ってた話って何？」

紗英が訊ねると、駿之介の表情が少しだけ強張ったような気がした。何となく言いにくそうにしているところを見ると、話というのはやはり自分達の結婚話に関するものなのだろう。

「それなんだが——」

駿之介が話し始めてすぐに、前方を走る車が速度を緩めた。カーナビを見ると、どうやら少し道が混み始めたみたいだ。内容が軽くないだけに、話すならきちんと顔を見合わせたほうがいいような気がする――。

そう思った紗英は、思い切って駿之介のほうに身体ごと向き直った。

「駿ちゃん。どうせなら、パーキングエリアに車を停めて話さない？」

「それもそうだな」

駿之介が頷き、速やかに車を左車線に移動させた。ほどなくして一番近い大型のパーキングエリアに入り、空いているスペースに車を停める。彼はドアポケットから黒いベースボールキャップを取り出して、それを目深に被った。

「ごめん。私ったら、うっかりして……。ここ、結構人がいるよね」

駿之介は、かなり名の知れた歌舞伎役者だ。どこで誰が見ていないとも限らないし、若い女性を同伴しているところを見られたら大騒ぎになるだろう。

人目を気にしてキョロキョロと辺りを見まわしていると、駿之介が平気だと言わんばかりに紗英の背中を軽く押してきた。

「大丈夫だ。行こう」

駐車場を歩き、二階建ての建物の前に進む。最近リニューアルされたというそこは、建物が真新しく夜にもかかわらず店内に多くのドライバーが集っている。

中に入ると、一階には売店とフードコートがあった。ざっと見ただけでも、十数人の人がいる。だが、まさかこんなところに芸能人がいるとは思わないのか、今のところ駿之介に気づく気配はいない。

「そういえば、ちょっとお腹空いたな」

「確かに。何か食べる？」

話し合いの前に晩ご飯は食べたが、緊張のせいかあまり喉を通らなかった。聞けば、駿之介もそうだったみたいだ。

紗英は駿之介と連れ立って各店を見て回り、うどん屋の前で立ち止まった。

メニューをざっと見て、これと決める。

「私、コロッケうどんにしようかな。駿ちゃんは何にする？」

「うーん……何にするかな」

全店を見て回ったあと、結局彼も紗英と同じコロッケうどんにすると言った。

今さらながら気づいたのだが、駿之介は建物の中に入ってからずっと戸惑ったような顔をしている。おそらく、こんな場所に来るのに慣れていないせいだ。

歌舞伎界きっての御曹司の彼は、幼少の頃から舞台に立つ事を目標に生活をしてきており、学校に行く以外はほぼ稽古部屋にいるという真面目ぶりだった。

仕事で外に行く時は常に付き人がついているし、カード類はもとより財布など持たなくても済むような生活をしている。

（きっと食券を買った事もないんだろうな）

駿之介は物珍しそうに辺りを見まわしているが、なにをどうすればいいかわかっていない様子だ。ここは自分が付き人になって面倒を見たり世話を焼いたりしなければ——。

紗英は自動券売機の前に立つと、彼に階段がある方向を示した。

「ここは私が奢るから、先に二階に行って席を取って待ってて」

二階席にラウンジスペースがある事を説明し、適当な席を取ってくれるよう頼む。しかし、駿之介は自分が支払うと言って動こうとしない。

「いや、ドライブに誘ったのは僕だから——」

「じゃあ、あとで何か別のものを奢って。ほら、早く行かないといい席を取られちゃうよ」

紗英に急き立てられ、駿之介が言われたとおり二階のラウンジスペースに向かっていく。その背中を見送ったあと、二人分の券を買って注文カウンターに急いだ。

でき上がった二人分のうどんを水と一緒にトレイに載せ、二階に上がる。

フロアを見まわすと、駿之介がこちらに背を向ける格好で窓際のベンチ席に座っているのが見えた。出る時に着替えを済ませた彼は、白Tシャツにダークグレーのスーツ姿だ。

（ああ……やっぱり、好き）

歌舞伎役者としての彼は、紗英にとって神聖化したスターだ。

その類まれな美貌とカリスマ性は業界の枠を超えて注目を集め、各方面からの取材依頼が引きも切らないらしい。

けれど、駿之介は自他ともに認めるマスコミ嫌いであり、仕事以外の取材には一度も応じた事はなかった。歌舞伎役者としてメディアに出る事はあっても、私生活については、一切明かさない。

そのため、クールで謎めいたイメージがある。だが、実際の彼は人一倍優しくて結構な人情家だ。凛として孤高の佇《たたず》まいをしているが、意外と人懐っこくて無邪気な一面もある。

努力家であるのは言うまでもなく、一度こうと決めたらぜったいに譲らない頑固さはあるが、それも彼の真面目さと一本気な気質ゆえだ。

彼の魅力は、奥が深い。だからこそ、こんなにも心を鷲掴《わしづか》みにされて、長年にわたって思慕し続けてしまうのだ。

気持ちを封印すると決めたばかりなのに、駿之介を見るだけでどうしようもなく恋心を掻き立てられてしまう。

我ながら情けないと思うも、彼を想う気持ちは抑えきれない。

(きっともう、こんな機会はやってこないよね)

紗英は、そんな事を思いながら、駿之介の隣の席に辿り着いた。広々としたフロアの席は四分の一が埋まっており、そのほとんどがデート中のカップルだ。そのせいか、こちらを気にする者は誰一人いない。

「お待たせ」

少々心細かったのか、紗英が来た途端、駿之介が安心したようににっこりする。端正な顔に子犬のような表情が浮かび、たちまち心臓を射抜かれてしまう。

「いい席に陣取ったね」

「ちょうど空いたし、ここが一番見晴らしがよさそうだったから。車の運転は好きだからよく一人であちこちに出かけるけど、いつもはこんなふうに途中でどこかに立ち寄ったりしないからすごく新鮮だよ」

駿之介が取ってくれた席からは、駐車場の全景と少し先にあるジャンクションが見渡せる。彼が窓の外を見まわし、通り過ぎていくいくつものカーライトを目で追って嬉しそうに頬を緩めた。

「ラッキーだったね。ほら、遠くにビル群も見えるよ。そう混んでないし、ここって隠れたデートスポットかも」

言い終えてからすぐに「デート」などという言葉を口にした事を後悔する。しかし、すぐに気を取り直して箸を手にした。

「さあ、冷めないうちに食べよ食べよ」

パチンと手を合わせ、二人していただきますを言う。ふうふうと息を吹きかけながら熱々の麺を食べてふと横を見ると、駿之介が紗英のどんぶりをじっと見ている。

「あ、これ？」

紗英は自分のどんぶりの中で、コロッケがグズグズに崩れている箇所を指した。

「私、コロッケうどんってこうやって食べるのが好きなの。でも、ちょっと行儀悪いよね」

「いや、すごく美味しそうだ。僕も真似させてもらうよ」

駿之介はそう言うが早いか、自分のコロッケを箸で崩し始めた。みるみる汁が濁り、崩れたコロッケが麺を覆う。彼は紗英と同じようになったうどんを満足そうに眺め、ズルズルと美味しそうな音を立てて食べ始めた。

「美味い！　こんな美味しいうどんを食べたのは、初めてかもしれない」

駿之介が、カッと目を見開いて紗英を見る。圧倒的な目力がありながらも、浮かんでいる笑みは少年のように屈託がない。

それを見た紗英は、図らずも母性本能を刺激されてしまった
まさか、年上の駿之介にそんな感情を抱くなんて……。新たな彼の魅力に気づかされて、紗英は密かにたじろいで落ち着きをなくした。

これはダメだ――。こんなに目新しい魅力を見せつけられたら、ますます好きになってしまうのを止める事なんかできない。

紗英は美味しそうにうどんを食べる駿之介から目を背けた。そして、どんぶりの中身にだけ集中して、麺を啜《すす》る。

「ああ、美味しかった。うどんが、これほどガツンと味覚に訴えてくるとは驚きだ」

「これ、卵を落とすとまた違った感じになって美味しいんだよ。あと、ネギを増量したり、カイワレ大根を入れたりするのもあり」

先に食べ終えた駿之介の視線を感じながらも、紗英も少し遅れてうどんを食べ終える。

「そうか。じゃあ、また今度どこかで一緒にコロッケうどんを食べよう」

「うん、そうしよう」

「約束だぞ。破ったら針千本飲ますからな」

駿之介が真面目な顔で紗英のほうに左手の小指を差し出す。子供の頃、何度も指切りげんまんをした記憶があるが、大人になってからはこれが初めてだ。

「い、いいわよ」

紗英が応じるなり二人の小指が絡み合い、駿之介が軽く繋がっている手を上下させる。すぐに離してくれると思いきや、彼は絡めた小指にグッと力を込めてきた。

正面から見つめられて、心臓が跳ね上がる。

「そ、それで、話っていうのは？　……もしかして、駿ちゃんと私の結婚話の事？」

「ああ、そうだ」

やっぱり。

紗英は覚悟を決めて、背筋を伸ばし椅子に座り直した。

「駿ちゃんには、今回の事でいろいろと迷惑をかけて本当にごめんなさい。おかげさまで『谷光堂』は姉と正一さんが継ぐ事が決まりました。心からありがとうを言わせてもらうね」

紗英は未だ絡み合ったままの小指を見つめ、唇をギュッと結んだ。

「駿ちゃんが機転を利かせてくれたおかげで『谷光堂』は安泰だわ。これで私も安心して店から手を引ける。こんなふうに決心できたのも、駿ちゃんがいてくれたからこそだって思ってる」

駿之介が絡めていた指をずらし、紗英の手をギュッと握る。その途端、今まで強いて記憶の底に押し込めていたキスの記憶が頭の中に一気に蘇《よみがえ》ってきた。

「今、店から手を引けると言ったが、それはつまり、もう『谷光堂』の仕事から離れるという事か？」

「そうよ。だってもう跡継ぎがいるんだもの。私はいないほうがいいでしょ？」

紗英がそう言うと、駿之介がいっそう手に力を込めてくる。

「俺が話したかったのは、まさにその事だ。紗英はそれでいいのか？　鈴ちゃん達の結婚はさておき、つい先日まで『谷光堂』を継ぐつもりで頑張ってきて、急に店と関わりがなくなっても平気なのか？」

「そりゃあ、いきなり話が変わっちゃったんだから、すごくショックだったのは確かよ。今まで『谷光堂』を第一に考えてきたし、自分なりに店の将来を考えたりしてたし」

「そうか……じゃあ、やっぱり――」

「でも私は『谷光堂』が続けばそれでいいの。きっとお姉ちゃんと公一さんなら、私以上に店を盛り立ててくれる。だって、二人は本当に好き合って『谷光堂』を継ぐ覚悟を決めたんだもの。あ、言っとくけど強がりじゃないわよ」

紗英は自分を気遣う駿之介の気持ちを嬉しく思いながら、今胸にある店に対する思いを正直に話した。

「私、和菓子が大好き。店頭に立ってお客さんの相手をするのは楽しかったし、新商品のアイデアを出したりするのも面白かったわ。でも、これからは一歩下がって『谷光堂』を応援するつもり」

思えば、父母に自分が「谷光堂」を継ぐ役割を担うのだと教えられた時から、ずっとそのつもりで生きてきた。だからといってそれに固執するつもりなどないし、ましてや公一と結婚するのは本意ではない。それに、姉がその役割を立派に果たしてくれると信じているからこそ、潔く身を引けるのだ。

「それと、この辺で一度人生を見直すのもいいかなって。今はまだ手探り状態だけど、自分のやれる事、やるべき事を見つけてそれに一生懸命になれたらいいなって思うの」

紗英がさっぱりとした顔でそう言い切ると同時に、駿之介がグッと身を乗り出してさらに距離を縮めてきた。

「『谷光堂』から退いてもいいんだな？　だったら、何も問題ない。あとは紗英が俺の妻になる覚悟を決めてくれたらいいだけだ。かなり大変だし、苦労をかけると思うけど、僕がいる。僕が必ず紗英を守ると誓うから、安心して僕の妻になってくれ」

「つ、妻⁉」

言われている意味がわからず、紗英はポカンとした表情で駿之介を見た。

「思いがけない展開のおかげで、お互いの両親への報告も済んで、承諾もされている。あとは、紗英が決心をしてくれるだけだ。紗英、僕と結婚してくれ。必ず紗英を幸せにしてみせるから」

耳を疑うような台詞《せりふ》を言われ、紗英は目を剥いて駿之介の顔を凝視した。彼の背後には首都高速湾岸線の夜の風景が広がっている。ここは夢の世界ではなく、目の前にいて手を握ってくれているのは確かに松蔵駿之介だ。

「こ……これって、現実？　わ……私、駿ちゃんにプロポーズされてるの？」

「ああ、そうだ」

きっぱりとそう断言され、混乱するあまり脳内のあちこちがショートする。

それでも必死に考えて頭の中を整理して、ようやく質問ができるようになった。

「で……でも、私と駿ちゃんの事は、もとはと言えばお姉ちゃんと公一さんの結婚をすんなり認めさせるために咄嗟についた大嘘でしょう？」

「確かに僕は鈴ちゃんと公一さんの助けになればと思って、嘘をついた。でも紗英と結婚したいと思っているのは本当だ」

「えっ……？」

か細い声が出たきり、紗英はひと言も喋れなくなった。

こんなの夢に決まっているし、大好きな推しと自分が結ばれるなんて事が現実に起こるはずがない。けれど、目の前の顔には真剣そのものといった表情が浮かんでいる。

「だからこそ、必死になって結婚式の段取りをしたんだ。紗英、改めて言う——。僕と結婚してくれないか？」

訴えかけるような真摯な目に見つめられ、余計何も考えられなくなる。

長い間黙ったまま見つめ合っていたが、すぐ近くを通りすがった年配のカップルの一人が足を止めた。

「あれ？　もしかしてあの人って歌舞伎の——」

紗英の手を包む駿之介の掌が、その声にピクリと反応した。

それと前後して、紗英の危機管理能力が一瞬で覚醒する。

これはまずい。一刻も早くここを去らなければ、ほかの人にも気づかれる恐れがある。今、駿之介のプライベートを守るのは自分しかいないのだ。

紗英は急いで手を引っ込めると、空になったどんぶりをトレイの上に載せてベンチから立ち上がった。

「行こう」

トレイを彼に託すと、紗英は駿之介の腕を取って足早にフロアを横切った。階段を下りて返却口に食器を返すと、辺りに目を配りながら車に戻る。

「ごめんね。もしかすると駿ちゃんだってバレたかも。もっと早く気づいて、あの場所から離れるべきだったのに」

助手席に座るなり、紗英は運転席のほうに向き直った。

「どうして謝るんだ？　それに、別に逃げなくてもよかったのに」

「ダメ！　今をときめく歌舞伎界の新星がスキャンダルとか、ぜったいによくないよ」

早足で歩いたせいか、すっかり息が上がっている。激しく肩を上下させる紗英を見ながら、駿之介がにっこりと微笑みを浮かべた。

「きちんと親に認められて結婚するんだから、スキャンダルじゃないだろう？」

駿之介が、そう言いながら助手席のほうに身を乗り出してきた。突然の大接近に息ができなくなっていると、助手席のシートベルトがカチリと音を立てて留まる。

「シートベルト、締めないと出発できないからな。それで、さっきの話だけど、返事を聞かせてもらってもいいか？」

目の前で問いかけられて、紗英はようやくプロポーズが現実のものだと悟った。

しかし、駿之介がどうしてそんな選択をしたのか、理解できずにいる。

「なんで私？　本当に私でいいの？　だって、駿ちゃんはこれから歌舞伎界を背負って立つ逸材だよ？　そんな人の妻が美女でも才女でもない平凡な庶民とか……」

「紗英だから選んだし、紗英でなきゃダメなんだ。僕が今後歌舞伎役者として大成しようとする時、紗英がそばにいてくれたら何より心強い。紗英が妻になってくれたら、僕はこれまで以上に集中して芸を突き詰め、精進できるような気がするんだ」

「そんな……。私なんかが、本当に駿ちゃんの役に立てるの？　外見も中身も釣り合わないし、周りの人もそう思うんじゃないかな。百歩譲って私が駿ちゃんの役に立っても、周りが妻として認めてくれないんじゃないの？」

思いつくままに口を開き、あとさき考えずに疑問をぶつけてしまった。戸惑って口を噤《つぐ》む紗英の左頬を、駿之介の右掌が包み込んだ。

「結婚は、何より当人同士の意志が大切だし、周りがどう思おうが関係ない。歌舞伎界は、とかく昔からの慣習をうるさく言われがちだが、考え方は時代とともに変化するし、必要に応じて変えていくべきだと思ってる」

駿之介が微笑み、もう片方の彼の掌が紗英の右頬に触れる。顔を彼の手に挟まれたようになり、顔中がカッと熱くなった。

「あ……わ、わ……」

これ以上の青天の霹靂が、あるだろうか？

両膝がガクガクと震え、座りながら腰が抜けたようになってしまう。

「僕達は子供の時からお互いを知ってる。紗英の素直で前向きな性格や、明るくて頑張り屋なところ。おっちょこちょいで、うっかり屋なところもあるけど、それもぜんぶひっくるめて紗英だ。紗英とならこれからの人生をともに歩んでいけるし、僕が結婚したいと思うのは紗英しかいない。……紗英、もう一度聞く。僕と結婚してくれないか？」

脳天が痺れ、今にも頭のてっぺんから湯気が出そうだ。

夢ではない。これは確かに現実で、自分は今、最愛の人から結婚を申し込まれているのだ。

「お……お受けします。私、駿ちゃんと結婚します！」

「よかった……。ありがとう、紗英」

夢のまた夢が叶う時の気分が、これほど晴れやかで幸せに満ち溢れたものだったとは――。

喜びのあまり呆然としている紗英の顔が上向き、頬を優しく引き寄せられた。

もしかして、キスをされる？

そう思った時には、もう二人の唇がぴったりと重なり合っていたのだった。

第二章　心から愛しいと想う人

いったい、今日の日を迎えるまで何度すべて夢ではないかと疑っただろうか。

繰り返し頬をつねり、休憩室の壁に掛けられているカレンダーに書かれた「結婚式」という文字を見ては現実だと確認した。

有名な歌舞伎役者の結婚式ともなると豪華な披露宴をすると思われがちだが、ぜんぶがそうだというわけではない。

急遽決まった事でもあり、挙式は両家が事あるごとに訪れている共通の神社で執り行う事とし、出席するのは双方の両親祖父母のみ。後日それぞれに内輪で報告を兼ねた食事会を開くとして、披露宴はせずに済ませると決めた。

しかし、花婿は歌舞伎ファンのみならずたくさんの老若男女を惹きつけている松蔵駿之介だ。

多くの人が記者会見を開き、挙式前後のインタビューを期待しているのはわかっている。だが、駿之介は日頃から必要以上につきまとうマスコミを疎んじていた。

彼はマスコミ各社に直筆の書状を送り、過度な取材は控えてくれるよう頼んだ。

それでも強引に自宅に押しかけ、近隣住民に迷惑をかけるメディアがいれば、今後の取材は一切受けないなど厳しく対処すると申し渡した。

「僕が見せたいのは舞台にいる僕であって、プライベートの僕じゃない。それに、ただでさえ好奇の目に晒される紗英に、余分な負担をかけたくないんだ」

駿之介の妻になれば、必要に応じてマスコミと関わりを持つ事もあるだろう。

しかし、結婚はあくまでも私的なものであり、いたずらに公表して紗英を世間の目に晒されるのは彼の本意ではない。

結婚に関するマスコミへの対応については、駿之介の家族も了承している。

一門の人達の中には、超がつくほどの地味な結婚に難色を示す者もいた。だが、最終的には「本人達の意志に任せよう」との灘屋の最長老七代目松蔵虎之介の鶴の一声で、決着がついた感じだ。

(駿ちゃんがきちんと対策を取ってくれて、本当によかった)

結婚にまつわるすべては、皆に話す前に駿之介と相談して決めた。

彼は紗英を第一に考えてくれたし、その気遣いには心から感謝している。

もし、マスコミが押し寄せるままにしていたら、今頃どうなっていた事やら……。

おそらく、紗英は多数メディアのカメラやレポーターに追いかけ回され、駿之介の婚約者としてテレビや雑誌に顔が出回っていただろう。

（そんなの、ぜったいにダメ！　だって、どう見ても不釣り合いだし、その事で駿ちゃんがあれこれ言われるのは私としても不本意すぎる！）

駿之介の妻としての役割を果たしていく上で、ゆくゆくはメディアに顔を出さなければならない日が来るだろう。それまでの間に、少しでも見栄えをよくして、彼の妻としてふさわしい立ち居振る舞いを身に着けたいと思っている。

挙式は平日の昼間に、マスコミには一切情報を漏らさず極秘裏に行われた。

当日は梅雨時にもかかわらず清々《すがすが》しいほどの晴天で、紗英は姉とおそろいの白無垢に身を包み、駿之介の隣に立った。

神前に祀られている神様の前で結婚の誓いを立て、三献《さんこん》の儀では三つの盃で駿之介と交互にお神酒を酌み交わす。

まさに夢にまで見た駿之介との結婚の儀だ。

ほんのり赤くなった頬をしながら玉串《たまくし》を神様にお供えし、紗英は駿之介と夫婦になった。

今日という最高におめでたい日の記憶は、きっと一生薄れる事はないだろう。

神前式の結婚は、家同士を結び付けるという考えのもとで行われる。もともと縁があった両家だが、これでより深い繋がりができたと喜び合った。

（振り返ってみれば、怒涛の展開だったな）

幸せを噛みしめ、晴れて夫婦になったその日から、紗英の姓は「松蔵」になった。

夫婦は義両親の勧めもあって、実家近くの賃貸レジデンスに居を構えた。低層ではあるものの二人が住むのは最上階の六階で、フロアには自分達だけだ。

専有面積はおよそ一三〇平方センチメートルで、間取りは３ＬＤＫ。セキュリティは万全で、一階には二十四時間体制でコンシェルジュも常駐している。

新婚生活のスタートは順風満帆――とはいえ、状況の変化について行くのに必死で、まだ駿之介と夫婦になった実感が湧かない。

しかし、結婚したからには悠長に構えている暇などあるはずもなかった。

「こうなったら、一日でも早く一人前の、歌舞伎役者の妻にならなきゃ」

歌舞伎界の常識については、松蔵家と公私にわたって交流し、駿之介の一番のファンであるうちに、いろいろと知識だけは得ていた。

夫の体調やスケジュールの管理はもとより、衣装などを適切に保管する。周囲を取り巻く人達との良好を築き、贔屓筋への挨拶や気配りも欠かせない。

何よりも夫と家族を優先し、目立たず地味すぎず、なおかつ凛として何があっても揺るがない強さを持って必要な役割を果たす。

その中には跡継ぎになる男児を産む事も入っているが、それについては考えただけで平常心ではいられなくなってしまう。

(とりあえず、駿ちゃんを全力で支えよう。間違っても足を引っ張らないよう気をつけて、少しでも役に立てるようにならないと)

現在まで本名で舞台に立っている駿之介だが、ゆくゆくは今から三年前に他界した亡き祖父の六代目・松蔵伊左衛門の名を受け継ぐと目されている。

いわゆる「襲名《しゅうめい》」というものだが、その名には歴代の伊左衛門の芸の魂が宿っている。観客は名を継ぐ者にそれを求めるし、それに応えられる力量があってこそ認められるべきものだ。

駿之介が歌舞伎役者として芸にのみ集中できるよう、紗英は彼を全力で支え、すべての環境を整えねばならない。

駿之介の妻としての仕事は、歌舞伎の伝統を支えるという事に繋がる。

考えれば考えるほど、その重みに押し潰されそうになるが、やると決めた以上はぜったいにやり遂げる覚悟だ。

以前はファンとして、陰ながら駿之介を推して応援していればよかったが、これからは駿之介の妻として彼を支え、彼が歌舞伎役者として大成するサポートをしなければならない。

しかし、具体的にはどうしたらいいだろうか？

駿之介の妻として、一番に望まれている事は？

妻と言う立場になり、あれこれと考えを巡らせるが、やるべき事が多すぎて何から手を着けたらいいかわからない。目標を掲げようとしても、今の自分とのギャップがありすぎて、始めの一歩すら踏み出せずにいる。

考えれば考えるほど気持ちばかり先走り、ちょっとしたパニックに陥っているみたいだった。

こんな状況から、一日でも早く抜け出さなければ――。

そんなふうに考えて、同居した翌日から姑である八重子《やえこ》を訪ね、歌舞伎役者の妻としての務めを学ぶべく、あとをついて回ったり話を聞いたりしている。

「あまり根を詰めるな。へたばっても知らないぞ」

駿之介はそう言いながらも、常に紗英を気にかけてくれる。

知らないぞとは口ばかりで、事あるごとに何か困った事はないかと聞いたり、質問に答えたりしてくれた。

優しい気遣いは、何よりもありがたい。

そのおかげで、自然とモチベーションもアップして身体の中から活力がみなぎってくる。慣れない事だらけで戸惑いっぱなしだが、すべてが駿之介のためであり、そのひとつひとつが学びだと思えばまったく苦にならない。

それどころか、控えめに言って、幸せすぎる！

所詮自分など姉の身代わり——そう思っていたのに、駿之介は思いのほか紗英を大事にして、家だけではなく外でも何かにつけ紗英をそばに置きたがる。そして、顔を合わせる人達全員に紗英を紹介して、時にはのろけと思われかねない事を言ったりするのだ。

「なんだかんだ言って、仲がいいねぇ」

「微笑ましいったらありゃしないよ」

現在の歌舞伎界のトップである松蔵虎之介や、未だ界隈で絶大な力を持つ千歳が認めた二人だ。

顔を合わせた人達のほとんどは夫婦になった二人を歓迎してくれたし、誰一人表立って不満を言う者はなかった。

しかしどこで知ったのか、歌舞伎役者の妻の中には駿之介の元の婚約者が紗英の姉であったのを引き合いにして「所詮姉の身代わり」などと陰で悪口を言う者もいる。

だからといって、紗英はどうこうするわけではない。

事実は事実として受け止め、誰にも言わずただじっと耐え忍んでいたのだが、ある時そのうちの一人と劇場で顔を合わせた。

歌舞伎界は、およそ三百人の役者によって支えられているが、各自の序列はきっちりと決まっている。それに関係するのは家柄や血縁、実績など。

件の妻の夫は駿之介よりも二つ年上だが、芸歴も短く先のいずれにおいても格下だった。

「やあ、駿之介さん」

先に声をかけられ、駿之介が立ち止まって対応する。彼は夫として妻を紹介し、紗英は駿之介の横で愛想よく微笑んで相槌を打ったり質問に答えたりしていた。

陰口を叩くその人も、表向きは紗英に愛想よく接してくれる。

紗英も悪口を言われている事を知らないふうを装っているし、仮に相手がこちらはすべて把握していると知っていても、お互いに素知らぬ顔でいるのが流儀というものだ。

「紗英はまだこの世界に慣れていないので、どうか仲良くしてやってください。中には陰で底意地の悪い陰口を叩く者もいるようですが、うちの紗英は本当によくやってくれているので、そのうちそんな悪口も言えなくなるでしょう」

駿之介が紗英を語る時の顔には、溢れるほどの愛情がこもっている。それは誰が見ても明らかで、紗英も思わず赤面してしまうほどだ。

そんな駿之介が、一瞬だけ相手方の妻を氷のように冷たい目で見据えたのを、紗英は見逃さなかった。

きっとそれに気がついたのだろう。それからすぐに夫婦は挨拶をして去っていき、紗英は自分を守ってくれる夫の大きな存在を感じて、内心嬉しくて飛び上がりそうになった。

(本当に、ありがたいな)

駿之介のみならず、義実家の人達は紗英を陰ながら見守って優しくしてくれる。

昔から駿之介の付き人をしている、林源太《はやしげんた》という老齢の男性もしかり。

かつて伊左衛門の部屋子として女方として舞台に立った事もある彼は、怪我をきっかけに廃業して伊左衛門の付き人になった。師匠亡きあとも千歳に頼まれて灘屋に残り、今は駿之介の下についてくれている。

「坊ちゃんは、紗英さんを常に気にかけていらっしゃいます。できる限りそばにいて、紗英さんを守ろうとしているんですよ」

源太はそう教えてくれたし、実際にそうだと感じている。

『僕が必ず紗英を守ると誓うから、安心して僕の妻になってくれ』

駿之介は、結婚前にした約束を全力で果たそうとしてくれている。

紗英は夫を始めとする周りの人達に支えられながら、妻として身につけるべき習い事探しに余念がない。

歌舞伎の歴史やしきたりはもちろん、茶道、華道、習字やマナー、江戸会席料理など学ぶべきものは目白押しだ。

そのほかにも、梨園の妻としてどうしてもなさねばならぬ最優先事項がある。

それは跡継ぎを産む事であり、これについてはまだまったく進展がないままだ。

松蔵家の長男にして一人っ子の駿之介は、当然跡継ぎを作らねばならない。それはいわば義務であり、紗英もそれを果たすために努力するのが道理だ。妊娠に関しては、結婚前にブライダルチェックは済ませており、二人とも問題はないとわかっている。

双方の両親は、当たり前のように紗英の懐妊を心待ちにしているし、駿之介も「できれば早くほしい」などと言って、かなり前向きに考えている様子だ。

紗英も、当然跡継ぎを産む事に関しては、やぶさかでない。しかし、夫婦で具体的な話をしたわけではなく、どうしたものかと思案しているところだ。

「やっぱり、あれはまずかったかなぁ？」

八月になったばかりのある日、紗英は一人悶々《もんもん》としながら自宅のキッチンで夕食の後片付けをしていた。

「まずかったよね、ぜったい。ああ、どうしよう……」

ついさっきまで駿之介もここにおり、洗い物を運んだり皿洗いを手伝ってくれたりしていた。

二人とも昨日からやけにソワソワしており、互いに対する態度もいつも以上にぎこちない。結婚してひと月と少し経ち、ようやく二人の生活にも慣れてきたという頃に、前にも増してどう振る舞えばいいかわからなくなってしまっている。

（あんな事言わなければよかった）

つい先日、紗英は駿之介にいきなり自分の排卵日を告げた。

それは当然、妻としての務めを果たそうと思ったからであり、どう言えばいいのか迷いに迷った挙げ句、ストレートに言いすぎて大失敗をしてしまったのだ。

その日、夫婦がいるリビングで、たまたまテレビで妊娠に関するニュースが流れていた。

『一般的に、排卵日の二日前が最も妊娠しやすく、妊娠を希望する場合は、排卵日の三日前から排卵後の五日間を狙うといいかもしれません』

それは事前に知っていた情報だったが、紗英は妊活について駿之介と具体的に話し合った事はなかった。

夫婦は同じベッドルームを使っており、それぞれに別のダブルベッドに寝ている。

かねてから跡継ぎについて考えを巡らせていた紗英だが、同じ部屋で寝ているだけで子供ができるはずもなく、そもそも駿之介が自分と妊娠するような行為ができるかどうかも怪しかった。

しかし、周囲から期待をされている以上、これ以上先延ばしにするわけにはいかない。

そんな事を考えて、つい焦るあまり駿之介に向かって、こう言ってしまった。

「私、来週の木曜日が排卵日なの！」

言われた駿之介は唖然として固まるし、紗英は紗英で真っ赤になってリビングから逃げ出す始末だった。

今思い出しても、穴があったら入りたいほど恥ずかしい。

むろん、紗英にしてみれば、夫に排卵日を知らせたのは、一日でも早く妊娠するために必要な情報提供だった。

けれど、さすがにあれはなかった。

せめて何らかの前振りをしてから言うべきだったし、そうしていれば和やかな感じで話し合いもできただろうに……。

(私ったら、何やってんのよ～。ただでさえ難しいだろうに、あんなふうに言われたら余計に気をそがれちゃうよね)

思いのほか熱心にプロポーズをしてくれたし、結婚したいという駿之介の気持ちは本当だった。

『紗英だから選んだし、紗英でなきゃダメなんだ』

彼はそう言ってくれたが、駿之介が自分に対して女性としての魅力を感じているかどうかは、また別の話だ。

現に彼は一向にその気にならないようで、二人は未だベッドをともにした事はなかった。

それもそのはずで、この結婚は勢いと成り行きで決まったものであり、駿之介には紗英に対する恋愛感情など一切ない。実際、好きだとか愛してるとか言われた事はないし、選ばれたとはいえ異性として求められたわけではないのだ。

(あるとしたら、幼馴染に対する親愛くらいのものだよね。それが本物の愛に変わるなんて都合のいい事、ある？　あるはずないよね……)

跡継ぎを望んではいても、実際に行動に移す事ができなかったら作るのは容易ではない。

周りに期待されているプレッシャーがある上に、妻は性愛の対象外なのだ。

真面目な駿之介の事だから、きっと何かしら方法を考えているに違いない。どうであれ、彼が自分相手にその気になるはずがないし、そうであれば傍観しているだけではなく、妻として何かしら協力すべきなのかもしれない。

(でも、どうやって？)

女性としての魅力に欠ける自分では、駿之介の性愛を掻き立てられない。

今まで彼だけを想い続けてきたが、果たして駿之介はどんな女性が好みなのだろう？

これまで一度も浮いた話がなかった駿之介だが、それはあくまでも表向きだ。

マスコミで取り上げられない隠れた恋は、いくつもあっただろうし、そうでなければあれほど妖艶《ようえん》に舞う事などできないのではないだろうか？

いずれにせよ、いくら排卵日を伝えたからといって、実際に妊活ができるなんて保証はなかった。

(でも、一応は準備万端に整えておくのが妻としての役目だよね)

後片付けが終わったあと自室に行き、駿之介が入浴を済ませたのを確認してバスルームに向かう。入念に身体を洗い、万が一の時に備える。

風呂から上がると、駿之介がリビングで歌舞伎関連のＤＶＤを見ていた。紗英はそのまま二階に上がり、彼がベッドルームに入るまで自室で大人しくしていた。

ベッドルームはそれぞれの自室に挟まれており、すぐ隣だ。耳を澄ませてみるが、隣室からは物音ひとつ聞こえてこない。

(そろそろいいかな?)

置時計を見ると、午後十一時半を示している。

今日の昼は稽古三昧だったし、この時間なら、きっと彼は疲れて眠っているに違いない。

紗英は引き続き隣室の様子を窺いながら、そっと自室のドアを開けた。

つま先立ちで廊下を歩き、ベッドルームのドアの前に立つ。

いよいよやってきた排卵日の二日前に、いったい何をしているのか……。

我ながら呆れるが、いくらなんでも待ってましたとばかりにベッドルームに入るなんて事はできなかったのだ。

恐る恐るドアを開け、足音を気にしつつ中に入る。

てっきり寝ているのかと思いきや、駿之介はまだ起きておりベッドのヘッドボードに背中をもたれさせて本を読んでいた。

「やっと来たね」

「あれこれ用事をしてたら遅くなっちゃって」

声をかけられ、返事をしながら自分のベッドに向かった。

駿之介が本を閉じ、おもむろに紗英に向かって手招きをする。

「こっちにおいで」

まさか、呼ばれるとは思ってもみなかった。

平静を装いながらも、紗英は内心ドキドキで彼のベッドに近づいた。

「今日は排卵日の二日前だよな。そのつもりでいたんだけど、紗英もそうか？」

そのつもりとは、どんなつもり？

そう訊ねそうになったが、彼が手にしているのは妊娠と出産について書かれている専門書だった。

「うん」

蚊の鳴くような声で返事をしたあと、紗英は今さらながら怖気《おじけ》づいて、じりじりと後ずさった。けれど、逃げ出す前に駿之介に手を取られて、彼のほうに引き寄せられてしまう。

「だったら、今夜は僕のベッドで一緒に寝よう」

まさか、駿之介がそこまで積極的になってくれるとは思ってもみなかった。

けれど、考えてみれば根が真面目で日頃から歌舞伎の事だけを念頭に置いて精進を続けている彼だ。

きっと今の駿之介は、個人の感情よりも歌舞伎役者としての義務のほうに重きを置いているのだろう。それだけ強い歌舞伎愛があれば、紗英に対して性愛を感じなくても、跡継ぎを作ろうという気になるのかもしれない。

そうであれば、躊躇している暇はなかった。

紗英は素直に応じて、駿之介が横にずれて空けてくれた場所に腰を下ろした。

足をベッドの上に置き、そろそろと彼が座っている隣に納まる。けれど、それから先がわからない。

今まで一度もこんなシチュエーションに身を置いた経験がないし、相手が相手だけに今にも心臓が破れてしまいそうだ。

「し、駿ちゃんも大変だね。でも、無理しないで。私なら大丈夫だし、なんなら体外受精でもいいわけだし」

言ってしまってから、またしても先走った事を言ってしまったと気づき、あわてて口を噤んだ。

松蔵家の跡継ぎを産む事を考えた時、体外受精についても選択肢のひとつとして頭に留めていた。それは、もしかすると駿之介から提案されるかもしれないからであり、自分相手では妊娠に至る行為ができない場合を想定していたからだ。

だからといって、ベッドに入るなり言う事ではないだろう。

大いに反省して身を縮こめていると、駿之介が手にしていた本を脇に置いて紗英の肩を抱き寄せてきた。

「ひっ……」

思わずしゃっくりのような声が出て、駿之介に笑われてしまった。けれど、そのおかげで少しだけ砕けた雰囲気になる。

「体外受精なんて、急に何を言い出すのかと思えば……。紗英は、そうしたほうがいいと思っているのか？」

若干傷ついたような言い方をされて、紗英は急いでそれを否定する。

「もちろん、そんな事思ってないわよ。そうじゃなくて、駿ちゃんがそのほうがいいならと思って……。だって、私相手じゃその気にならないだろうし、どうせならお姉ちゃんのほうがよかっただろうし――」

「ちょっと待ってくれ。俺がいつ紗英相手じゃその気にならないと言った？　それに、僕は紗英よりも鈴ちゃんがいいなんて一度も思った事はない」

「でも、駿ちゃんはお姉ちゃんと許嫁になっても、特に反対しなかったでしょ」

「それは、もともと許嫁なんて本気で考えた事がなかったからだ。鈴ちゃんにしてもそうだろうし、実際別の人と付き合っていた事があるだろう？」

駿之介が言うには、鈴奈は高校生の時に彼の友達と恋人関係にあったらしい。

「そうなの？　知らなかった……」

「その人のほかにも、もう一人いたと思う。もちろんそれについて鈴ちゃんと改まって話した事はなかったし、今時許嫁《いいなずけ》なんて時代遅れも甚だしい。そうだろう？」

「で、でも……」

紗英がなおも納得できかねる顔をしていると、駿之介がもう片方の肩を引き寄せてきた。ベッドの上で彼と向かい合わせになり、じっと目を見つめられる。

「急に決まった事だし、紗英が戸惑ったり混乱したりするのも無理もない。だけど、僕は本当に結婚するなら紗英がいいと思っていたし、いろいろと悩む事が多い毎日の中、いつも笑顔の紗英がそばにいてくれたらどんなにいいだろうって思っていた」

駿之介の右手が紗英の左頬を包み、二人の距離がより近くなる。

「だから、鈴ちゃんの件を聞いた時、咄嗟に紗英と付き合っているって言ってしまったんだ」

「だけど、駿ちゃんにとって、私はただの幼馴染で妹のような存在だよね？　結婚相手に選んだけど、それはあくまでも松蔵家と灘屋の将来のためなんでしょう？」

話す紗英の唇を、駿之介の右手人差し指が、そっと封じた。彼は心底困ったような表情を浮かべながら、繰り返し首を横に振る。

「確かに、紗英は僕の大切な幼馴染であり、妹のような存在だった。でも、うちの実家で僕達二人の両親を前にして話したとおり、僕は紗英の良さを知るにつれ、だんだんと気持ちが変化していった。そう言った時の事を、覚えてるか？」

紗英が頷くと、駿之介が唇を封じていた指を外した。

「もちろん、覚えてる。それに、プロポーズしてくれた時の台詞だって……。私とならこれからの人生をともに歩んでいける、結婚したいのは紗英しかいないって言ってくれたよね。でも、女性として好きなわけじゃないでしょう？」

「それは違う」

駿之介が、きっぱりとそう言って紗英の目を改めて見つめてくる。彼の真剣なまなざしに気圧され、紗英はごくりと唾を飲み込んだ。

「最初は幼馴染、その次は妹のような存在になった。それから、いつの間にかやたらと気になる女の子になって、ふとした時に何の脈絡もなく紗英の顔が思い浮かぶようになった。僕が高校生になった途端、紗英に会う機会が激減しただろう？」

「た……確かに、そうだったね」

「それが自分の気持ちに気がついたきっかけだった。気がつけば紗英に会いたくて仕方なくなっていたし、友達に聞いたら『それが恋というものだ』って言われてね」

さらりと言われた言葉に、紗英は目を丸くして腰を浮かせた。

「えっ⁉　い、今、恋って言った？」

「ああ、言ったよ。僕は高校一年生の時に紗英に恋をしていると自覚した。つまり、僕はもう十年以上紗英に片想いをしていたってわけだ」

駿之介が照れたように微笑み、紗英の目をじっと見つめてくる。

「で……でも、そんな事ひと言も……」

「そうだったな……。僕としては、二人の両親の前で紗英との結婚の話をした時に、僕の気持ちは紗英に伝わっていると思っていた。でも、よくよく考えてみれば、言葉足らずだったよな」

一度離れた駿之介の指が、再び紗英の唇の上に戻ってきた。指の腹で唇の輪郭をなぞられ、思わず声が漏れそうになる。

「僕は、ずっと不安だった。僕との結婚を受け入れてくれたけど、紗英の本当の気持ちはどうだろうとか、僕が強引に頼み込んだから、断りきれずに承諾してくれただけだったんじゃないかとか――」

「ちょ……ちょっと待って！」

紗英は駿之介が話すのを遮り、必死になって訴えかける。

「不安だったのは私のほうよ。だって私、もうずっと前から駿ちゃんが好きだったんだもの。一緒に遊んだ子供の頃からそうだったし、大人になってからも気持ちは強くなる一方だった。でも、駿ちゃんは、お姉ちゃんの婚約者だったし、諦めなきゃいけない人だったから――」

「そんなに前から？　じゃあ、みんなの前で言った事は本当だったのか？」

「もちろん、ぜんぶ本当の事よ」

「そうか……。僕達はもうとっくの昔に両想いだったったんだな」

紗英が頷くと、駿之介が嬉しそうに顔を綻ばせる。

「駿ちゃんが出る舞台は、できる限り足を運んだし、仕事が許す限り地方公演にも行ったのよ。駿ちゃんが出てる本は一冊残らず持ってるし、グッズだってぜんぶ買ってるの。それをズラッと並べてニヤニヤするのが楽しくって――。あっ……」

話す勢いに任せて、つい余計な事まで言ってしまった。

紗英は恥ずかしさのあまり、うつむいて唇を噛みしめる。しかし、ここまで言ってしまったら、今さら隠しても無駄だ。

「グッズって……。あれは灘屋の後援会に入らなきゃ買えないはずのものだよな?」

「後援会なら、もうずっと前から入ってるわ。公演のチケットは毎回そこで買ってるから、結構いい席が取れてるの。でも、ファンだってバレたくなかったから、舞台を観に行く時はいつも変装して行ったりしてたの」

「ぜんぜん気づかなかった……。でも、すごく嬉しいよ。紗英がそんなにも僕の事を想ってくれていたとは知らなかった」

駿之介が紗英を横抱きにして自分の膝の上に乗せると、頭をそっと胸に抱き寄せてきた。

「こんな事なら、紗英への気持ちを自覚した時に、さっさと告白すればよかった。紗英、ごめんな。僕がグズグズしていたばっかりに、長い間片想いをさせてしまったな」

「私こそ、ごめんね。駿ちゃんが気持ちを伝えてくれていたのに、そんなわけないって思い込んで、勝手に違う事ばかり考えちゃってた」

近くても、遥か遠い存在だった駿之介と、今ぴったりと身を寄せ合っている。

彼の心臓の音が聞こえる。それは驚くほど速く、まるで自分の鼓動を聞いているみたいだ。

「駿ちゃん……。もしかして、ドキドキしてる?」

紗英が顔を上げて訊ねると、駿之介は困ったような表情を浮かべて微かに首を縦に振った。

「まあね」

多少ぶっきらぼうな言い方だが、決して怒っているわけではない。それが証拠に、彼の頬がほんのりと赤くなっている。

もしかして、照れているのでは?

そう思った途端、胸が痛いほど高鳴り、愛《いと》おしさで身もだえしそうになった。

「私、もっと頑張るね。この先ずっと駿ちゃんの支えになれるよう、一生懸命頑張るから――ん、っ……」

話す唇をキスで塞がれ、仰け反った背中がベッドの上に下りた。見つめてくる駿之介の目に映るのは、自分ただ一人だ。

夢のような結婚ができただけでも十分だったのに、まさか本当の意味で夫婦になれるなんて……。

頭の中で幸せの鐘が鳴り響き、何十羽もの白い鳩が舞うように飛び交う。

今この瞬間、自分は間違いなく世界一の幸せ者だ。

「紗英、結婚してくれてありがとう。紗英は僕の光だ。大切で唯一無二の、どうしても手放せない本物の宝物だよ。紗英……愛している。この先、ずっと一緒に人生を歩いていこうな」

「はいっ……。私も愛してる……駿ちゃん、一生そばにいてね」

「当たり前だ」

駿之介の重みが、紗英の身体の上にずっしりとのしかかってきた。

紗英はその背中に腕を回すと、今後どんな苦難が待っていようとも二人の愛を守り抜こうと心に誓いを立てるのだった。

八月も中旬に差し掛かり、まさに夏真っ盛りという日々が続いている。

稽古場に出入りする役者達は皆涼しげな浴衣姿だ。汗をかくから役者達の多くは一年を通して浴衣で稽古をする。そのため、特に目新しいというわけではないが、刺すような日差しの中を行き来する彼等を見ていると、それだけで気持ちが引き締まるから不思議だ。

（皆さん、すごいなぁ。私ももっと頑張らなきゃ）

その日の朝、紗英は稽古場に向かう駿之介を見送り、家の用事を終わらせたあと義実家に向かった。姑の八重子とともに夫達のスケジュールを確認し、二人して必要な雑事をこなす。

現在、灘屋の役者達は十一月に行われる公演の準備に余念がなく、駿之介も一日中稽古場にいる事も少なくない。

歌舞伎役者の妻はマネージャーのような役割も果たさねばならず、駿之介に来た取材依頼の応対もすべて紗英が管理するようになっている。

役者としてだけではなく、圧倒的な存在感や容貌が注目を集めている彼のもとには、様々な業界からオファーが来ており、先日は某有名ファッション誌からコラムの執筆を依頼された。しかし、内容がまったく歌舞伎に関係するものではなかったため、駿之介は首を縦に振らなかった。

　彼自身に関する仕事のほかにも、こなさねばならない雑事は山ほどある。

　気がつけば一日が終わっていたという事もめずらしくなく、食事をするのも忘れてしまうほど忙しい毎日が続いている。

「紗英ちゃん、浴衣じゃ動きにくいでしょう。今日は一日外に出る用事はないし、もっと楽な格好でもいいのに」

　八重子に声をかけられ、紗英は額の汗を拭いながら、うしろを振り返った。

「はい。でも、せっかくお義母さんに買ってもらった浴衣だから、つい着てみたくなっちゃって」

　今着ているのは幾何学模様のモダンな感じがする浴衣で、先日八重子に普段着としてプレゼントされた数着のうちのひとつだ。

　確かに動きにくくはあるもののサラサラとした生地はとても着心地がよく、汗をかいてもまったくべたついた感じがない。

「そう？　じゃあ、くれぐれも転ばないようにね」

　上機嫌で去っていく八重子を見送ったあと、紗英は腰紐《こしひも》でたすきがけをして稽古場の冷蔵庫に入れておく飲み物の補給に取り掛かった。

「麦茶に緑茶、ミネラルウォーターに経口補水液にトマトジュース――」

荷物運びは昔からよくしていたし、女性にしては力持ちだと思う。それでもやはり歩幅が狭くなっているせいで、どうもバランスが取りにくい。

そうでなくても、紗英は今かなり歩きにくく、下半身のみならず全身がギシギシするような筋肉痛になっている。

(あとどのくらいこれが続くんだろう?)

初めて駿之介と結ばれたのは、今週の月曜日だった。

その日から数えて五日間、紗英は連日駿之介とベッドをともにして、跡継ぎを作るべく妊活に励んだ。

『紗英がよければ、僕はいつ子供ができてもいいと思っている』

そう言われて、紗英は一も二もなく同意した。

妻としての役割うんぬんより、紗英自身も一日でも早く駿之介との子供がほしいと思っている。

そうは言っても、紗英は駿之介が初めての人であり、事前に知識だけは仕入れていたものの、いざ実践するとなると戸惑ってばかりだった。

それでも、なんとか駿之介にリードしてもらって無事初めての夜を過ごし、以後は仕事に支障をきたさないよう気をつけながらも、ほとんどの夜をどちらかのベッドで過ごしている。

けれど、連日の妊活は普段使わないような筋肉を使っていたようで、とにかく筋肉痛がひどい。普通に歩こうとしても身体の軸がぶれるし、歩幅を狭めると不自然な動きになる。今はいくぶん慣れてきたが、洋装だと筋肉のこわばりが目立つ。

それを隠すのに和装は持ってこいであり、もう少しまともに動けるようになるまで、洋装は控えようと思っている。

『久しぶりに会ってお茶でもしない？』

八月もあと四日を残すのみとなったある日、親友の田所愛美《たどころあいみ》から久々に連絡をもらった。結婚後、ただがむしゃらに日々を送ってきて、いつの間にかもうふた月が経っている。

「もちろん、いいよ。行っておいで」

駿之介はすぐにそう言ってくれたし、八重子もたまには息抜きをしてきたらいいと彼に賛同してくれた。

「紗英はもっと肩の力を抜いていいんだよ。時間が空けば自由に使っていいし、気兼ねなんかいらないから」

駿之介の言葉に後押しされ、紗英はさっそく愛美とスケジュールをすり合わせ、二日後の火曜日に会う約束をした。

話し合いの結果、当日は午前中に待ち合わせをして、ショッピングをしたあとは隠れ家的なカフェでランチを楽しむ事にしている。

約束の日、紗英はクローゼットから白い半袖カットソーと小花柄のスカートを選び出し、稽古場に向かう駿之介に見送られて自宅を出発した。

およそ三カ月ぶりに会う愛美は自宅でウェブデザインの仕事をしており、それなりに忙しい毎日を送っている様子だ。

ファッションビルに入って店を巡りながら、互いの近況を語り合い変わらずに元気でいるのを喜び合う。

「結婚式の画像、送ってくれてありがとうね。さすが松蔵家って感じで、見ごたえがあったわよ」

身内だけで済ませた結婚式だったが、次の日にはマスコミに知られて芸能ニュースのトップを飾った。

『歌舞伎界のプリンスが結婚！　お相手は和菓子屋のご令嬢』

『灘屋の未来を担う松蔵駿之介が幼馴染の紗英さんと夫婦に！』

マスコミには事前に直筆の書状を送っていた事もあり、ワイドショーや週刊誌では駿之介の近影とともにその画像や文面が紹介するだけに留められた。テレビでは歌舞伎ファンへのインタビュー映像も流れたが、幸い皆駿之介の結婚には好意的だ。

中には跡継ぎを期待するような声もあったが、スタジオのコメンテーターも配慮あるコメントをしてくれていたし、それ以上の報道はされずに終わった。

これも、駿之介の采配と、結婚に際して紗英を守るという誓いを果たしてくれたおかげだ。

「紗英ったら、すっかり歌舞伎役者の妻業が板についてきたって感じね」

愛美に言われて、紗英は照れながら頬を綻ばせた。

「そうかな？　でも、まだまだ中身はスッカスカなんだよね」

あいかわらず失敗はするし、毎日反省ばかりしている。それでも、ここ最近はどうにか日々の流れを俯瞰《ふかん》して把握できるようになった。

それも駿之介や松蔵家の人達が何かと助けてくれるからであり、世にいう嫁姑問題とは無縁の生活を送れている。

ビルの中をひととおり見て回り、それぞれが一着ずつ洋服を買ってエレベーターで一階に向かう。

三階で乗り合わせていた人達が下り、新たに二人若い女性が中に入ってきた。

「あら、紗英と愛美じゃないの」

声をかけてきたのは、高校生の時に同じクラスだった元同級生だ。

少々派手で学校の中でも目立つ存在だった彼女達は、いわゆる校内ヒエラルキーの上層部にいる存在だった。

「久しぶりね。元気だった？　っていうか、紗英ったら歌舞伎界の御曹司と結婚するなんてびっくり〜。あんたんち和菓子屋だったよね。すっごい玉の輿じゃないの」

一人が言い、もう一方が深く頷く。

「ほんと、驚いちゃった。でもさ、歌舞伎役者の奥さんってめちゃくちゃ大変そう」

「だよね。浮気されても耐え忍んで、外で子供作られても文句も言えず夫を支えなきゃなんでしょ？　今時そんなの時代錯誤〜。女にとって何ひとついいところがないし、お気の毒様って感じだよね」

「ちょっと、あんた達――」

愛美がたしなめるも、元同級生達はまったく気にする様子などなく好き勝手な事を言い続けている。

確かに外の世界からすれば、そう見えるかもしれない。しかし、時代とともに歌舞伎界も少しずつ変わってきているのも事実だ。けれど、それをいちいち説明するほど親しくもないし、仮にそうしても彼女達は聞く耳を持たないだろう。

誰も乗り込んでこないまま、エレベーターが一階に到着した。これで話は終わるかと思いきや、二人は紗英達のあとをついてくる。

「ねえ、せっかくだからどこかで一緒にお茶しない？　久しぶりに会えたんだもの。じっくり梨園の妻の話を聞かせてよ」

「旦那様って、やっぱり亭主関白なの？　いろいろと不満が溜まってるだろうし、私達が愚痴を聞いてあげるわ」

黙っていれば好き勝手な事を――。

さすがにムッとした紗英は、人の邪魔にならない場所を選んでくるりとうしろを振り返った。

「確かに歌舞伎の世界は、今の時代にはそぐわないしきたりや考え方がたくさんあるわ。それが伝統だ、では片付けちゃいけないものもあると思うし、外から見たら妻の人権なんかないように見えるかもしれないけど――」

「やっぱりね。男尊女卑礼賛の世界って、女にとって地獄よねぇ」

同級生達が、顔を見合わせて笑いながら頷き合う。卒業してもう何年も経つのに、二人は未だに人を貶《おとし》める事で快感を覚える下衆な性格のままであるらしい。

いい加減、堪忍袋の緒が切れた。

紗英は一歩前に出て、改めて彼女達の顔を交互に睨《にら》みつける。

「言っておくけど、夫は真面目で優しくて、決して妻を裏切ったり悲しませたりしない人なの。うちの夫に限っては、そんな心配は一切いらないし、外からどう見られようと、私は彼の妻として何の不満もないわ」

突然強気に出られて驚いたのか、元同級生達は表情を強張らせてその場に立ち尽くしている。

「結婚する前に夫は私を守ると誓ってくれて、それを実践してくれているわ。私達は心から想い合って夫婦になったの。だから、残念だけどあなた達が喜ぶような話は何ひとつしてあげられない。じゃ、いらぬ心配を長々とどうもありがとう」

タイミングよく親子連れのグループがやってきて、紗英と元同級生達の間に割って入る。紗英は愛美とともに唖然としている二人を置いてその場を立ち去り、ビルの入り口に向かって歩いた。

言ってやった！

内心ドキドキで出口に向かい、ビルの外に出るなり大きく深呼吸をする。

「紗英、やるじゃない！　おかげで胸がスカッとしたわ～」

愛美にバンと背中を叩かれ、笑いながら肩をすくめる。

「だって、言われっぱなしじゃいられなくて」

自分の事だけならともかく、よく知りもしないで夫や歌舞伎界の事についてとやかく言われたくなんかない。何より、駿之介を世の中にはびこる浮気男と一緒にされるのが我慢ならなかったのだ。

予定していた店まで辿り着き、窓際の予約席に着いた。

運ばれてきたランチを食べながら、他愛のないおしゃべりを楽しむ。

「ところで『谷光堂』の人達はどう？　たまには顔出しできてるの？」

「みんな元気よ。さすがにそう頻繁には顔出しできないけど、お菓子の配達がある時は私が受け取りに行ったり、臨時のお客様があった時に買いに走ったりしてる」

姉夫婦が「谷光堂」を継ぐと決まり、公一は以前にも増して菓子作りに熱心に取り組んでいる様子だ。

鈴奈は来月航空会社を退職する予定で、それ以後はお腹の子供を育みながら次期

「谷光堂」の女将《おかみ》としての修行を始めるらしい。

「万事上手くいってるって感じね。で、愛《いと》しの駿之介さんは今日、何してるの？」

愛美に腕をつつかれ、紗英は照れながらも顔を綻ばせた。

「稽古場で終日練習の予定。今日は特に何もないから、夜まで自由にしてていいよって言ってくれて」

「うわぁ、優しい～！　私もそんな旦那様がほしいなぁ」

「愛美なら性格もいいし、すぐに見つかるでしょ。なんなら、人柄のいい役者さんを紹介しようか？」

冗談半分でそう言うと、愛美がびっくり顔で首をぶんぶんと横に振る。

「私には梨園の妻は無理よ。紗英は和菓子屋の娘だからいくぶん和装にも慣れてるし、歌舞伎界のしきたりにもまったく馴染みがないわけじゃなかったでしょ？　私が着物着たのって人生で数えるほどだもの」

七五三に成人式——愛美が指折り数えながら苦笑いをする。

確かに実家にいる時も、お使いがてら呼ばれた茶会に出る時や、お得意様へのご挨拶の時など、一般の人よりも着物を着る機会は多かった。

「それに、今まで割と自由に暮らしてきたから、結婚自体できるかどうかも怪しいんだよね。たまに会うだけの別居婚とかがちょうどいいのかも。でも、そんな都合のいい相手なんか見つかる見込みないしなぁ」

「うーん、難しいね……」

「それに、男って浮気する生き物だって言うじゃない？　実際、私の歴代の彼氏は全員浮気してたしね」

元同級生の前では強気の発言をしたが、確かに男は浮気をする生き物だと言うし、実際そうなのかもしれない。

駿之介は例外だが、歌舞伎界に限らず芸の世界では往々にして女性問題が起きがちなのは否めない。

歌舞伎役者の妻たるもの、女遊びにいちいち目くじらを立てずドンと構えていればいい——。未だにそんなふうに言われているし、実際何かと耐え忍んでいる妻はいると聞かされている。

時代の違いはあるが、現に駿之介の祖父・伊左衛門は妻に陰で好色家と言われていたようだし、一門の既婚者の中にも女性関係で問題を起こして師匠からお灸を据えられた者がいるらしい。

「もっとも、駿之介さんみたいに一途で真面目な人なら、ぜんぜん話は別だろうけど

——あれっ？」

愛美が窓の外を見て、椅子から身を乗り出した。

「何？」

「ほら、あそこに立ってる人って駿之介さんだよね？」

彼女の視線の先を見た紗英は、見えてきた光景に驚いて絶句する。

道幅が狭い裏道に佇んでいるのは、間違いなく駿之介だ。どこか店でも探しているのか、スマートフォンを片手に首を傾げている。

紗英は無言のまま頷き、バッグで顔を隠しながら窓に顔を近づけた。

いつも人目を気にして街を歩くにも裏通りを選ぶ彼は、愛用のベースボールキャップを被っている。

今日は一日稽古場にいると思っていたが、そうじゃなかった。それだけならまだしも、駿之介の横にはロングヘアの女性が寄り添っている。

「誰……？」

少なくとも知り合いではないし、どこかで見かけた記憶もない。時折、駿之介と顔を見合わせて笑う顔は目鼻立ちがはっきりしており、かなり美人だ。

「たまたま通りすがって、偶然道を聞かれたとか？」

愛美がフォローしてくれるも、その直後女性が笑いながら駿之介の腕を軽く叩いた。そして、顔を見合わせたまま連れ立って道の向こうに歩いていく。

ただ道を聞かれただけで、あんなに親しげな態度を取るはずがなかった。

もしかして、浮気？

そんな考えが一瞬頭に思い浮かぶも、駿之介はそんな浅はかな行動を取る人ではない。

ぜったいに違う。今見たのは、きっと見間違いで、実際にはなかった事。本物の彼は、今頃稽古場で練習に励んでいるはず——。

いくらそう思おうとしても、並んで去っていく二人の背中が現実を突き付けてくる。

「紗英？」

愛美が気づかわしげな様子で、声をかけてくる。気がつけば、もう店の前の道には誰もいなくなっていた。

紗英は震える手でバッグを膝の上に置くと、ただ「うん」とだけ答えて微かな笑みを口元に浮かべるのだった。

駿之介がロングヘアの美女と連れ立って歩くのを見てからというもの、紗英はどうかすると頭の中をその事でいっぱいにしてしまっていた。

そうならないために、これまで以上に熱心に家や松蔵家の雑事をこなし、八重子にへばりつくようにして義母の言動や立ち居振る舞いを学んだ。

幸か不幸か、あれから数日後に都内で行われていた歌舞伎公演で主役格の役者が体調不良になり、急遽駿之介が代理で舞台に立つ事になった。

一流の歌舞伎役者たる者、有名な演目の台詞やしぐさはすべて頭に入っていて当然だ。依頼してきた役者が駿之介よりも格上の人だった事もあり、彼は即座に了承して早々に稽古場にこもった。

代役は連絡を受けた二日後からで、紗英は連日夫に付き添って劇場に赴いた。

必要な用事をこなし、来てくれた贔屓筋への挨拶などに奔走する。

その時々にふさわしい会話をして、心から舞台を楽しんでほしいという思いを込めて客席に送り出す。

あいかわらず八重子や千歳に助けてもらいながらも、どうにか一人でもやるべき事をこなせるようになったのは、それだけ駿之介の妻として少しでも認められるようになりたいと必死になっていたからだろうか。

おかげで美女と連れ立っていた駿之介を思い出す暇はなく、疲れ果てて帰宅したあとは神経が張り詰めたままベッドに倒れ込むという日々が続いた。

当然家で夫と顔を合わせるが、ここ数日間舞台関連の話しかしていないし、常に用事を見つけては極力駿之介から離れているよう心掛けている。

一応自分には舞台中の彼の邪魔をしないためだと言い聞かせているが、本音を言えば駿之介と二人きりでいるのが怖いからだ。

そばにいれば、どうしても美女の顔が思い浮かぶし、そうなると心に暗雲が垂れ込めて息が苦しくなる。

何かしていれば紛れるが、そうでなければ余計な事ばかり考えてしまう。

(こんな事でどうするの。まだ浮気だって決まったわけじゃないでしょ!)

そんなふうに自分を叱咤《しった》しながら連日自宅と劇場を往復し、ようやく駿之介が代理出演をしている舞台の千秋楽を迎えた。

すべての用事を終えたあと、彼は共演者達と食事会に行き、紗英は八重子とともにタクシーに乗り込んだ。

「紗英ちゃん、いろいろと大変だったでしょ。ご苦労様」

八重子に労われて、紗英はようやく一仕事終えた気分になる。

「お義母さんこそ、本当にお疲れ様でした。私の面倒まで見ていただいて、余計に大変でしたよね」

「それもこれも、私の務めだもの。でも、この頃の紗英ちゃんは、すごく頑張ってくれてるからいろいろと助かってるわ。頑張り屋だとは思ってたけど、最近は特にそうね」

八重子に褒められ、紗英は嬉しさに顔を綻ばせた。まだいろいろとおぼつかない自分だが、こうして努力を認めてくれる人がいる事が、何よりの励みだ。

「何かそうなるきっかけでもあったの？」

「いいえ、特には……。ただ、駿ちゃんや皆さんの邪魔にならないよう心掛けていただけです」

「頼もしいわ。紗英ちゃんが駿之介と結婚してくれてよかった。紗英ちゃんがいてくれるから、駿之介の将来も安泰ね」

「そう言ってもらえて嬉しいです」

心が揺れに揺れている今、八重子のひと言が胸に染みる。

そうだ——。

駿之介の妻になったからには、歌舞伎役者としての彼を支える事を一番に考えねばならない。常に自分の立場をわきまえ、何事にも動じずにどっしりと構えて夫のサポートに徹する。

歌舞伎界は男社会ゆえに、今時の考えにはそぐわない事は多々あるのは事実だ。

だが、長い歴史に培われてきた伝統世界には、あるべき姿というものが存在する。

いろいろと息苦しく感じる事がたくさんあるが、それを承知で彼と結婚したのだから、音を上げるつもりなどなかった。

何と言っても、自分は駿之介を心から愛している。そして、彼は浮気をするような不誠実な人ではない。

(ぜったいに、違う――。駿ちゃんが、私を裏切ったりするはずがないもの)

紗英は繰り返し自分にそう言い聞かせて、心を落ち着かせる。

そもそも駿之介がマスコミ嫌いになったのは、伊左衛門のスキャンダルが原因のひとつだ。亡き祖父の浮気癖はさておき、あらゆるメディアに取り沙汰された時の苦悩は、今も彼の記憶の底に澱となって残っている――。以前、そんな話をしてくれた彼が、祖父と同じ轍《てつ》を踏むはずがなかった。

八重子と義実家前で別れ、一人自宅に帰りついた紗英は、流水柄の着物を脱いでバスルームに直行した。本当はきちんと脱いだあとの着物の手入れをすべきだったが、それもそこそこに湯に浸かったのは、それだけ心身が疲弊していたからだ。

「はぁ……いいお湯……」

疲れた身体に湯の温かさが染み入り、心の苦しさがいくぶん楽になる。

紗英は、ややもすれば込み上げてきそうになる涙をグッと呑み込み、無理に口角を上げて笑みを浮かべるのだった。

◇　◇

八月も最終日を迎えて、少しずつではあるが暑さが和らいできている。

今朝早く、同業の従兄から連絡が入り、急遽彼の代役で舞台に立つ事になった。今は公演中でもないし、何より歌舞伎の先輩であり日頃から親しくしている人からの頼みだ。

踊るのは昼の部の演目「藤娘《ふじむすめ》」の藤娘。

夜の部では「知らざぁ言って、聞かせやしょう」という台詞で有名な「弁天娘女男白浪《べんてんむすめめおのしらなみ》」の弁天小僧菊之助《べんてんこぞうきくのすけ》を務める。

即承諾した駿之介は、夜遅くにもかかわらず稽古着の浴衣に着替え、気を引き締めて稽古場に向かった。

貝の口結びにした帯には、使い込んだ舞扇が差し込んである。もうかなり使い込んでいるそれは、先輩役者から譲り受けたものだ。

階段に続く廊下を行き、二階に上がってすぐの広々とした板の間の前で立ち止まる。一礼をし、奥に進んでさらに灘屋歴代の役者達を祀る祭壇に向かって頭を下げた。

小さな体育館ほどの広さがあるそこは、松蔵家の者の許可なくしては入れない神聖な場所だ。それだけに入るだけで身が引き締まるし、心も凪《な》いで稽古にだけ集中する事ができる。

昼間は一門の役者達が多く集うここも、今は駿之介ただ一人だ。

家の周りは防音壁に囲まれており、敷地も広いおかげでよほどの大音量でなければ少しくらい窓を開けていても周囲に迷惑をかける心配はなかった。

しかし、駿之介はこうして夜に一人きりで稽古をする時、音源を使わない。

旋律はすべて頭の中に入っている。

目を閉じると舞台に居並ぶ囃子方《はやしかた》の姿が思い浮かび、三味線や篠笛《しのぶえ》などの音が聞こえ始める。それに長唄が加わり、稽古場はたくさんの観客が集まった大舞台にとって代わった。

三味線の音を頭の中で口ずさみながら藤娘になりきる。

（チチリチ、チチリチ、チンチリ、チテツン――）

幕が開くと、見えてくるのは藤の大木。

主人公は人間ではなく、娘に姿を変えた藤の花の精だ。

およそ二十分の上演時間の中で、藤の精はつれない浮気男への恋心に身を焼き、お酒を飲んで少し酔いながらゆらゆらゆらと踊る。

歌舞伎には男性役の立役と女性を演ずる女方があり、駿之介は六歳の時に「桐《きり》一《ひと》葉《は》」という演目の女童《おんなわらわ》役で初舞台を踏み、以後も主に女方を演じてきた。

年を重ねるとともに男役である立役もいくつかこなしているが、ファンに喜んでもらえるのは、やはり女方だ。

歌舞伎の女方は美しい姫君から遊女に至るまで、ありとあらゆる女性を演じる。

女方は常に役ごとの身体の動きに注力し、手の位置や足さばきに全身全霊を込めなければならない。むろん、そこには心がなければならず、観る者に演じる女性の魂をも感じさせてこそ本物――。

そう教えてくれたのは、当代第一の名役者と謳われた今は亡き父方の祖父・松蔵伊左衛門であり、駿之介に女方の何たるかを初めて教えてくれた人だ。

『女方の動きを身体に叩き込みなさい』

「女方」は女性の「女らしさ」をギリギリまで突き詰めて洗練させ、磨き上げたものだ。だからこそ観る者を魅了して、幻想の世界にどっぷりと浸らせる事ができる。

伊左衛門は女方としての立ち姿はもちろん、頭のてっぺんからつま先まで、身体の各部位の動かし方をとことん教え込んでくれた。

駿之介は身長が高いため、何もしなければ立役よりも大きさで目立ってしまう。

伊左衛門は、師匠として時に鬼の形相で駿之介を叱りつけた。

「肩！　指先！　腰！　膝！　つま先！」

伊左衛門は舞扇でパンと叩いて、至らない箇所を指摘してくれた。

役柄が違えば、立ち姿や動作も変わってくる。毎日伊左衛門の指導のもとで、それぞれの動きを身体に叩き込む。それと同時に、視線や表情の動かし方を徹底的に教え込まれた。

伊左衛門は名門の生まれではあるが父親を早くに亡くしたため、後ろ盾がおらず若い時はそれでかなり苦労したと聞く。そんな事もあってか、人一倍情け深く人情家だったが、持って生まれた浮気癖だけは生涯治らなかったようだ。

「坊ちゃんは、先代からは情け深い性格を、正三郎さんからは几帳面なところを受け継いでいらっしゃる」

付き人の源太からは常々そう言われているが、自分ではよくわからない。とにかく、一日でも早く祖父や父親と肩を並べるような歌舞伎役者になりたいと思う。

踊り終えると、頭の中で聞こえていた音がフェードアウトする。

駿之介は祖父の顔写真が飾られている壁の前に立つと、ともにここで稽古をした日々に思いをはせた。

(おじいさん、見てくれていましたか？　僕は、おじいさんに認めてもらえるほど上手く踊れていますか？)

歌舞伎の海外公演にも積極的だった伊左衛門は、何度か駿之介を遠征に伴ってくれた。陽気で人当たりもよく、何度か映画やテレビドラマにも出演し、晩年は後進のために連日稽古をつけて乞われれば舞台監修にも携わっていた。

今、各方面から数多くのオファーがあるのは、世間が祖父のような存在を自分に求めているからだろう。

(僕は、おじいさんみたいに器用には立ち回れない。だけど、きっといつかはおじいさんを超えてみせます)

駿之介達のような名のある役者達は、定期的に都市部にある大劇場の舞台に立つ。

そうでない時は地方巡業に行き、公的な施設やホールなどで舞う時もある。

チラシには主役級の役者の写真が大きく掲載されるが、デザインによっては準主役でも名前のみの掲載になる場合もあった。

しかし、中には歌舞伎役者になって数十年経っても名前すら載らない者も大勢いる。舞台に出ても端役ばかりで、十分に稼げないせいで廃業する人も少なくない。

いくら名門の生まれだからといって、芸で魅せなければすぐに観客に見捨てられてしまう。そうでなくても厳しい世界だし、だからこそ家柄に胡坐《あぐら》をかくような真似だけはぜったいにできない。

生まれと環境に恵まれているからこそ常に精進し続け、あとに続く者達の礎になれるよう努力を重ねなければならないのだ。

灘屋にいる弟子達は舞台で脇役を務めながら裏方の仕事もこなしており、幹部役者に見込まれて特別に芸を仕込まれている部屋子ですらそうだ。

それに引き換え、自分は松蔵家の長子として生まれながらに格があり、芸の身に邁《まい》進《しん》できている。

むろん何の苦労もなく今の地位にいるわけではないし、血の出るような努力と歌舞伎への滾るような熱意なくしては舞台の真ん中には立てるはずもない。

何にせよ自分は己の名に恥じないよう、ただ歌舞伎にのみ心血を注ぐのみだ。

再び踊り始め、気がつけばもう東の空が明るくなり始めている。いくら稽古が必要だとはいえ、無理をして体調を崩せば元も子もない。

駿之介は再び祭壇前に進むと、居並ぶ歴代の名役者達の写真を眺め、深々と頭を下げてから稽古場をあとにするのだった。

◇　◇

春夏秋冬がある日本では六月と十月が衣替えの時期だ。和装にも基本的な決まり事があり、九月中旬ともなるとそろそろ袷《あわせ》着物の準備をしなければならない。

灘屋は十一月の舞台も控えており、やるべき事は山ほどある。

そのほかに、駿之介は十月に縁戚関係にある別の一門の舞台に出演が決まっており、その合間を縫うように各種稽古がスケジュールに組み込まれていた。

紗英の日常はいろいろな雑事で忙殺され、余計な事を考えている暇など皆無だ。

ふとした時にロングヘアの美女を思い出す事があるが、それもほんの一瞬だけ。無理に消そうとしなくても忙しさゆえに、頭の中からすぐに消えてしまう。

それだけはありがたいが、それと駿之介が休む間もなく稽古に励み、隙間時間さえ作らないでいるのとは話は別だ。

「駿ちゃん、ちょっと根を詰めすぎじゃない？　せめて週に一度は休まないと」

今日も夜遅くまで稽古場に詰めていた駿之介にお茶を淹れながら、紗英は彼の顔色がいつもよりよくないのを見咎《みとが》めた。

「そうかもしれないけど、なんだか居ても立ってもいられない感じなんだ」

ソファに座る駿之介が、目を閉じて背もたれに身体を預けた。

お茶を淹れ終えた紗英は、トレイをテーブルの上に置いて彼の肩をゆるゆると揉み始める。

「気持ちはわかるけど、今の状況ってよくないと思う」

ただでさえ忙しいのに、この頃の駿之介はまるで何かに追い立てられているかのように稽古に明け暮れている。

義母や義祖母からは、芸に関する意見は言わないようにと教えられていた。けれど、歌舞伎界という枠を取り払って、ただの妻として夫を気遣う気持ちはどうやっても抑えきれない。

先月駿之介が代理で立った舞台は思いのほか好評で、歌舞伎研究家からも絶賛の声が相次いでいる。「藤娘」は駿之介の十八番といってもいいのではないかという意見も見られたし、「弁天娘女男白浪」も十分に評価された。

今回彼が演じた弁天小僧菊之助は、男でありながらその美貌を武器に女装して悪事を働いており、美女かと思いきや突然胡坐をかいて啖呵《たんか》を切る。

いわば女方と立役が混ざったような役柄だが、とある老齢の歌舞伎研究家が、駿之介演じる弁天小僧菊之助について、聞き捨てならないコメントをしたのだ。

曰く「松蔵駿之介は優秀でスター性のある女方だが、果たして立役はそれに匹敵するほどのものだろうか」

駿之介からそれを聞いた時、紗英は彼の一番のファンとして大いに憤慨した。

しかし、それはまさに駿之介が立役を演じ始めた時から彼自身が感じている疑問であり、それが件の研究家のひと言で大きく膨らんだようだ。

「駿ちゃんの悩みは私の悩みでもあるの。余計な口出しだと思うなら、私の独り言だと思ってくれても構わない。……駿ちゃん、ちょっとだけでいいから肩の力を抜いて。今の駿ちゃんは四六時中気を張ってて苦しそうだよ」

実際、駿之介の肩は強張っており、少しくらい揉んでもビクともしないくらい固くなっている。

「そうか……そんなに苦しそうに見えるか？」

駿之介に訊ねられ、紗英はこっくりと頷いた。

「私は素人だから、難しい事はわからない。でも、駿ちゃんの弁天小僧はものすごくスマートでかっこよかったたし、美女に扮している時は艶やかで妖艶だった」

「じゃあ、どっちのほうにより強い吸引力を感じた？」

うしろを振り返ってそう聞かれて、紗英は自分を見る駿之介の目をまっすぐに見つめた。

「正直に言うと、美女のほうかな。でも、ほんのちょっとよ？　駿ちゃんは女方を演じる事が多いし、見慣れてるっていうのもあると思う。衣装も艶やかで女の私から見てもうっとりするくらい綺麗だし。でも、だからって立役が女方に劣るとはぜんぜん思わないわ」

駿之介は何も言わない。けれど、浮かんでいる表情からは紗英の言葉を真剣に聞いている様子が窺われる。

「駿ちゃんなら、きっと大丈夫。だって、駿ちゃんは人の何倍も努力して今の地位を築いたんだもの。駿ちゃんのストイックな面は、すごく素敵。でも、今は少しだけ走る速度を落として。深呼吸して、焦る気持ちを吐き出してほしい」

紗英は駿之介の手を握ったまま、ソファのうしろから離れて彼の隣に座った。

そして、駿之介の目を見つめながら、改めて彼の手をギュッと握り締める。

「駿ちゃんなら、ぜったいに乗り越えられる。女方だけじゃなくて立役も道化も老けも敵役もぜんぶできるようになる。ぜったいの、ぜったいに大丈夫！　私が妻として保証します」

紗英は弁天小僧菊之助よろしく啖呵を切って、自分の胸を拳でドンと叩いた。あまり強く叩きすぎて咳き込みそうになったが、それをどうにかやり過ごして、胸を張る。

「ふっ……『ぜったいの、ぜったいに大丈夫』か。それ、ずっと前にも言ってくれた事あったよな。覚えてるか？」

「もちろん、覚えてるよ」

それは、まだ紗英が中学生の頃の話で、当時高校生だった駿之介は自分の身長が急に伸び始めた事を悩んでいた。聞いたのは彼の付き人である源太からであり、直接聞いたわけではない。

その頃にはもう以前に比べて顔を合わせる回数も減っていたが、紗英は極力松蔵家への配達を買って出て、少しでも駿之介に会える機会を増やす努力をしていた。

配達時には自転車の前かごや荷台だけでなく、時には背中に風呂敷を背負って松蔵邸の勝手口を目指したものだ。

その帰りがけに、源太とはよく立ち話をしたり、途中まで送ってもらったりしていた。その時に、駿之介が身長の件で沈みがちになっていると聞いた。

「あれはちょうど今頃の季節だったな。僕が稽古場から出ると、紗英がいきなり駆け寄ってきて言ったよな。『駿ちゃんは、どんなに背が高くなっても綺麗でかっこいい歌舞伎役者だから！　そうだって決まってるの。だから、ぜったいの、ぜったいに大丈夫！』だって」

今思えば、何の根拠もなく言った言葉だ。

けれど、紗英はそう確信していたし、そうなると信じて欠片ほども疑いを持っていなかった。

「紗英の自信は、いったいどこから出ているのかなって思ったよ。だけど、あんなに熱心な顔で言われたら、そうなのかなって思うようになって――」

駿之介曰く、実際にそれ以来なぜか心が軽くなって、やたらと身長の伸びを気にする事もなくなったようだ。むろん、紗英の言葉だけではなく、彼同様高身長の先輩役者達からのアドバイスもあった。

結局、駿之介の身長は一八〇センチを超え、歌舞伎役者としてはかなりの高身長になった。舞台上でほかの役者と並ぶと否が応でも目立つし、芸が拙《つたな》ければ横に追いやられてしまう。駿之介は逆にそれをバネにして稽古に励み、今では押しも押されもせぬ花形役者だ。

「あの時は無我夢中で……。何か言ってあげなきゃって必死だったの」

紗英がもじもじして顔を赤くすると、駿之介が頬を掌で包み込んできた。

「紗英がくれた言葉、どれもみんなすごくありがたかったよ。紗英は昔からそうだったよな。ほかにも昔僕が舞台のせいで学校を休みがちになった時や、女方をしてるってだけで変な輩に絡まれて悩んでた時も、いつもいきなり現れては僕に優しい言葉をかけてくれた。そんなの、好きにならない訳ないだろ——」

駿之介のキスが紗英の唇を、そっと塞いだ。

自分では余計なおせっかいだと思いながらかけた言葉達が、彼の支えになってくれていたのなら、こんなに嬉しい事はない。

「ぜんぶ覚えててくれて、話を聞かせてくれてありがとう」

紗英は嬉しさに唇を震わせ、目に涙を溢れさせた。涙が伝う頬を、駿之介がペロリと舐める。

「しょっぱいな」

「ふふっ……当たり前でしょ」

背中を抱き寄せられ、笑った唇にもう一度キスをされる。

「おかげで、今回も胸のつかえが取れた気がする。そうだよな……僕は僕だ。いつかきっと紗英の言うような役者になるよ。女方だけじゃなくて立役も道化も老けも敵役も、何をやらせても一流だと言われるようになってみせる」

繰り返し唇に落ちてくるキスが、だんだんと熱を帯びていく。いい時間だし、もう二人とも風呂に入り寝る準備は済ませている。しかし、駿之介のスケジュールを考えると、今夜は大人しく寝たほうがよさそうだが……。

「紗英……ダメなのか？」

「そ、そうじゃないけど、十月の舞台ももうじきだし、睡眠不足で体調が悪くなったら困るでしょ。無理は禁物。それに今日は妊娠できる確率は高くないから……」

紗英が小さな声でそう言うと、駿之介が片方の眉尻を上げて、覗き込むようにして目をじっと見つめてくる。

「紗英は妊娠するためだけに、僕と……？」

彼の目が細くなり、眉間に薄っすらと縦皺が寄る。こちらの本心を探るようなしぐさをされ、紗英はにわかにあわてて始めた。

「ち、違うよ？　そんなわけないでしょ。私はいつだって駿ちゃんとしたいと思ってるし、本当は排卵日なんかお構いなしに駿ちゃんと——きゃあっ！」

「だったら問題ないな。紗英がその気なら、僕だって排卵日なんかお構いなしで紗英と共寝するよ」

「と、共寝……」

「もしくは、同衾《どうきん》、床入り、房事とも言うね。心配しなくても、紗英との睦み合いは、僕にとってガツンと効く栄養剤みたいなものだから」

話しながら階段を駆け上がり、二人してベッドルームに入る。

抱えられたまま紗英のベッドに倒れ込み、繰り返しキスをしては互いの目を見つめ合った。そんなふうに言われたら、もう今後は遠慮なんかしない。

そう心に決めると、紗英は微笑んでいる駿之介に自分からキスをするのだった。


六月に駿之介と夫婦になり、早くも三カ月と少し過ぎた。

気掛かりはあるが、夫婦仲は良好で日を追うごとに深みを増している感じだ。

一時は闇雲に稽古に明け暮れて自分を追い詰めていた駿之介も、今はすっかり落ち着きを取り戻して自分のペースで歌舞伎道を歩んでいる。

街中が秋色一色に染まる頃、十月の公演も無事千秋楽を迎えた。

今日彼が立った舞台がある劇場は関西《かんさい》地方にある大劇場で、ロビーには初日からたくさんのスタンドフラワーが立ち並び、楽屋にも連日祝いの花が届いている。

五日間という短期間の公演だった事もあり、紗英も駿之介に付き添って地方に赴き、毎日宿泊先のホテルと劇場を行き来していた。

最終日の今日、紗英は髪を結い薄い桜色の着物に花模様の帯を選んだ。昔から着慣れているから着付けは自分でできるが、髪のセットは劇場近くの美容院でお願いした。八重子とともに反物を選んで仕立ててもらった着物は、まだ半人前の自分でもそれなりに見せてくれる。

ほんの数カ月前まではただの観客として舞台を楽しんでいたが、今は駿之介の妻としての立場を心に刻みながら客席の後方で公演を見守っている。

(それにしても駿ちゃんの舞台、今日も素敵だったなぁ)

今回の舞台は自身の祖父・伊左衛門亡きあとに師事した立花咲二郎《たちばなさきじろう》の特別公演で、駿之介はほか数名の役者達とともに主役の脇を固める役柄を演じていた。

主役にして駿之介の師匠であるその人の屋号は桐島屋《きりしまや》。現在七十歳で紫綬褒章のほかに十数種の芸術関連の受章歴を持つ文化功労者だ。

若い頃は立役を務めた事もあったようだが、もう何十年も女方として舞台に立ち続けている。そして今、彼は女方の最高峰と称えられ、後進の指導にも余念がない。

駿之介は彼を師匠と呼び、咲二郎も伊左衛門から託された弟子を常に気に留めてくれている。

(駿ちゃんも、いつかあんな神々しいほどの歌舞伎役者になるのかな？　ううん、きっとなるに決まってる)

一時期、駿之介は自分にとっての「女方」について深く悩み、苦しんでいた。

しかし今は自分なりの「女方」を見つけて切磋琢磨《せっさたくま》しており、その姿は妻である紗英であっても近寄りがたい崇高さを感じさせる時もあるほどだ。

(駿ちゃんの女方って、ぜんぶ言葉に尽くせないほど素敵なんだよね)

駿之介自身は、まだまだ祖父の伊左衛門や師匠には遠く及ばないと言っている。

確かに彼の先を行く人達の域に達してはいないのかもしれないが、駿之介なら必ずやそこに到達するはずだ。

(だって、私の愛しい旦那様だもの)

紗英が劇場の受付横で贔屓筋への挨拶と見送りをしていると、付き人の源太が楽屋のあるほうからスッと近づいてきた。

「紗英さん、ちょっと楽屋まで……」

一区切りついた頃にそっと声をかけられ、紗英は源太に連れられて楽屋に向かった。

「源さん、何かあったんですか？」

気になって話しかけると、源太は近くに誰もいないのを確認して口を開いた。

「実は、坊ちゃんが舞台で怪我をしたようで――」

「えっ、駿ちゃんが怪我を!?」

それを聞くなり、紗英は脱兎のごとく走り出して駿之介の楽屋に駆け込んだ。

「駿ちゃん！」

「ああ、紗英――」

鏡の前に座っている駿之介が、紗英の声を聞いて振り返った。彼は肘掛け付きの椅子に座っており、右手には手ぬぐいが巻かれている。

「怪我って、何？　右手、何があったの？」

「ちょっと舞台袖で転んじゃってね。たぶん、少し捻ったんだと思う」

「捻挫？　すごく痛いの？　もしかして骨にひびが入ってるとかないよね？」

「どうかな。なんにせよ、舞台が無事終わったあとでよかったよ」

そう言って笑う駿之介は、言葉どおり心底ホッとしたような顔をしている。

紗英はオロオロしながらも、腫れや怪我の悪化を防ぐために彼の右手をテーブルの高い位置に移動させた。

「すぐに病院に行きましょう？　駿ちゃんにもしもの事があったら、私……」

それからすぐに準備を整えて病院に向かい、整形外科で診てもらった結果、親指側の右手首にひびが入っている事がわかった。

骨折ではないにしろ、後遺症として握力の低下や可動域に制限がかかったりする可能性は否定できない。医師から大事を取って最低ひと月は手首を使わないよう言われ、帰京後は怪我が完全に治るまで自宅療養する事になった。

幸いにも舞台仕事は来月まで入っていない。けれど、放っておけばすぐに稽古場に行こうとする駿之介だ。帰宅後は妻の監視の下で自宅に軟禁状態なってもらい、紗英は駿之介の右手に成り代わってそれまで以上に彼の世話を焼く事になった。

「車の揺れ、大丈夫？　痛いならすぐに言ってね」

駿之介の手首にひびが入ってから二十日経ち、無理をしなければ痛みもなく、医師からも経過は良好だと言われている。

「揺れてないし、快適だよ。それより、僕にかかりきりでずっと実家に顔出しできなくて悪かったな」

「谷光堂」には、お使いついでにご機嫌伺いをしていたが、それももうひと月以上前だ。それを気にした駿之介の提案により、今日は病院に行った帰りに夫婦そろって紗英の実家を訪ねる手はずになっている。

「私は駿ちゃんの奥さんだもの。それくらい当たり前でしょ」

「ありがとう、紗英。日頃から苦労をかけているのに、これまで以上に紗英に負担をかける事になってしまって、すまないと思ってる」

「私なら平気よ。日頃から何かと気にかけてくれているだけでもありがたいのに、すまないなんて水臭いわ。私は駿ちゃんの妻であり、一番のファンなの。これからもっと忙しくなるんだから、しっかり治して今後のために備えないとね」

療養期間中、夫婦は久々にゆっくりとした時間を過ごし、様々な話をした。

その分互いに対する愛情がさらに深まったと感じているし、駿之介に関して言えば歌舞伎役者としての考え方が、ずいぶん柔軟になってきている。

以前は舞台以外の仕事には消極的で、歌舞伎に関係のないメディアへの露出は頑なに避ける傾向にあった。

しかし、歌舞伎界全体の事を考えれば、いつまでも頑なままではいられない。

新しい顧客を呼び込むためにも、自分のような若い役者が率先して歌舞伎の良さをアピールすべきだ――。

そう考えた駿之介は、今後は少しずつ歌舞伎に関係のないメディアからの取材も受ける方向で考えている。

それは夫婦でじっくりと話し合った結果であり、きっかけは紗英が言った「駿ちゃんならできる事が、もっとある」という言葉だった。

「でも、無理はしないでね」

「了解。紗英には本当に感謝しているよ」

助手席から伸びてきた手が、紗英の膝をそっと撫でた。

怪我はどう考えてもよくない出来事だったけれど、二人の時間を持てた事は不幸中の幸いと言えるかもしれない。

「どういたしまして」

紗英は照れながら引き続き前を向いて運転を続け「谷光堂」の裏手にある実家の駐車場に車を停めた。

「あれ？　今『谷光堂』の駐車場に停まってたのって、師匠の車だったような……」

駿之介が助手席から外に出るなり店の駐車場に向かって歩いていく。紗英は彼のあとに続き、店の駐車場に停まっている車の前に来た。

「やっぱり、そうだ」

駿之介が、助手席に置かれている師匠の私物を指して、そう断言した。

咲二郎は無類の甘味好きで、駿之介は何度か「谷光堂」の和菓子を楽屋に持参した事もある。もしかして、わざわざお菓子を買いに足を運んでくれたのかも？

話しながら店の引き戸を開け、中に入った。しかし、当の本人はおらず、公一がめずらしくあわてた様子で紗英に手招きをしてくる。

「公一さん、駐車場に停まってるのって——」

「うん、駿之介さんのお師匠さんの車だよ」

紗英が聞く前にそう答えると、公一が店の奥を指差す。

公一曰く、ついさっき咲二郎が来店して、駿之介がもうここに来ているかどうか訊ねたのだという。彼は来店前に松蔵家に連絡を入れており、駿之介が紗英の実家に向かっていると聞いて急遽「谷光堂」を訊ねたらしい。

紗英は急ぎ駿之介のあとをついて店の奥に行き、そのまま廊下を進み咲二郎がいるというリビングに入った。

「師匠」

駿之介が声をかけると、上座に座っていた咲二郎が即座に腰を浮かせた。

「駿之介さん、待ってましたよ。手首の具合はどうです？」

「おかげさまで、もうじきリハビリに入ります。紗英が僕の右手代わりになってくれていたので、治りが早くて」

「そう、よかった。紗英ちゃん、ありがとう。私からもお礼を言わせてくださいね」

「お、お礼だなんて……滅相もない事でございます」

思いがけない言葉をかけられ、紗英は恐縮して深々と頭を下げた。

名実ともに歌舞伎界の大御所である彼は、ただでさえ近寄りがたい存在だ。

しかし、駿之介に付き添って何度となく顔を合わせているうちに、咲二郎は紗英に親しみを持って接してくれるようになっている。

「ところで、師匠。今日はどうしてここに？」

「それなんですけどね――」

咲二郎が話してくれた事には、昨日都内のとある劇場で舞台を務めている時に、彼の弟子が数人集まって話をしているところに偶然通りかかったのだという。

そのうちの一人は先月の咲二郎の特別公演で共演した立花吉太郎《きちたろう》という者で、駿之介の兄弟子に当たる人だ。彼は一般家庭から歌舞伎の世界に入り、咲二郎に見込まれて部屋子になった。その後頭角を現して今の立ち位置におり、咲二郎に師事している年月は吉太郎が何倍も長い。

何かしら不穏なものを感じた咲二郎が耳をそばだてていると、吉太郎が駿之介の怪我についてとんでもない事を言っていたらしい。

曰く――。

『ちょっと押したら、上手い具合にこけてくれた』

『骨にひびなんて生ぬるい。どうせなら骨折してくれたらよかったのに』

すべてを話し終えた咲二郎は、座っていた座布団を下りて駿之介に向かって深く頭を下げた。その肩は痛々しいほどに窄められている。

「駿之介さん、誠に申し訳ない事をしました。今回の件は、私の監督不行き届きが引き起こしたものです」

「師匠、いけません！　どうか頭を上げてください」

駿之介が咲二郎に駆け寄り、彼の肩を抱き起こした。

「いいえ、これはけじめです。このままでは私に駿之介さんを託してくださった伊左衛門さんに顔向けができません」

聞けば、彼はここに来る前に松蔵家に立ち寄って駿之介の父親である正三郎にも頭を下げてきたのだという。

駿之介は余計恐縮し、いっそう咲二郎に顔を上げてくれるよう頼み込んでいる。

役者同士の事に口を出すわけにはいかず、紗英は二人のそばでただオロオロとするばかりだ。

先だっての舞台では、咲二郎のほかに駿之介を含めて五人の役者が出演していた。

演目はいくつかあったが、駿之介がもらったのは準主役とも言える重要な役柄だった。師事した期間が短いとはいえ、家柄や実績で言えば駿之介のほうが吉太郎よりも遥かに上だ。しかし、吉太郎は自分の役柄に不満を持ったようで、それが駿之介に怪我を負わせるという悪しき行為に繋がったらしい。

「どうしてこんなバカな真似をしたのか……。駿之介さんのほうが自分よりも上なのは誰が見ても明らか。それは本人も十分わかっていたはずなのに……」

咲二郎が肩を落とすと、駿之介もまた同じように辛そうな表情を浮かべる。

きっと吉太郎は、そうとわかっていても胸の奥の淀んだ気持ちを上手く呑み込めず間違った方向に進んでしまったのだろう。

紗英は駿之介の妻になり、歌舞伎界の裏側を見るようになった。表向きは平気な顔をしていても、人は心の中に様々な気持ちを抱えている。

妬《ねた》みや嫉《そね》みが芸を磨く糧になればいいが、どうしてもそうできない時があるのは仕方のない事だが……。

咲二郎がさらに話す事には、彼は努力家の吉太郎を相応に評価しており、ゆくゆくは芸養子にして名前を継がせてもいいとまで思っていたらしい。

しかし、今回の件で見切りをつけ、吉太郎には破門を言い渡したようだ。

「何も、そこまで――」

「いえ、これぱっかりは容赦できません。それに、あんな愚行をやらかした者が一流の歌舞伎役者になれるとは思えませんから」

駿之介が擁護しようとするも、咲二郎はきっぱりとそれを退けた。

今後どこかの一門に拾ってもらえる見込みもないなら、吉太郎はこのまま歌舞伎役者を廃業せざるを得ないだろう。

多くの者が足を踏み入れるけれど、決して生きやすくはない世界だ。

大事な夫にいわれのない嫉妬をして怪我を負わせた憎い人ではあるが、その悔しさや無念さは想像に難くない。

紗英は心密かに吉太郎の行く末がさほど辛いものでない事を願いながら、改めて芸の道の厳しさを身に染みて感じるのだった。

十一月に入り、季節が秋から冬に移り変わる時期を迎えた。

およそひと月の療養期間を経て、駿之介の手首の怪我もようやく完治した。彼は今、今月行われる九州《きゅうしゅう》での公演に向けて稽古に余念がない。

多くの歌舞伎役者が集うその舞台で、駿之介が踊るのは「京鹿子娘道成寺《きょうがのこむすめどうじょうじ》」だ。

この演目は愛した僧に裏切られた姫君が大蛇と化し、道成寺の鐘ごと男を焼き殺すという伝説がもとになっている。

舞台は一時間を超える長丁場で、そのすべてをほぼ一人で踊りきらねばならない。絢爛豪華《けんらんごうか》な衣装は言うまでもなく相当の重量があるし、何度も苦しい姿勢を取る場面がある。

それだけに女方なら誰もが憧れる演目であり、駿之介も例外ではなかった。

いつか踊りたいと願っていた役柄だけに、依頼を受けた時は飛び上がるほど嬉しかったと聞かされている。

「真摯に務めていたら、必ず報われるのね。でも、くれぐれも無理はしないで。怪我にも注意してね」

「わかってるよ」

腕の怪我が治ったとはいえ、いつ何が起こるかわからないし油断はできない。

紗英はいつにも増して熱心に夫の世話を焼き、付き人の源太から「私の出る幕がなくなります」と笑いながら文句を言われたりしている。


そんな中、夫婦のみならず両家や灘屋にとって大変な吉事があった。

紗英のお腹に、待望の赤ちゃんが来てくれたのだ！

いろいろと忙しかったり駿之介の怪我があったりと、妊活も思うようにできなかったのに、結婚して四カ月目にして晴れて妊娠した。

出産予定日は来年の六月。

まだ妊娠初期ではあるが、すでに双方の両親祖父母には報告を済ませている。

皆の喜びようは大変なもので、一時は盆と正月が同時に来たみたいな大騒ぎになった。

「紗英ちゃん、でかしたわね」

「これで紗英も、名実ともに駿ちゃんの妻として認めてもらえるってもんだわ」

義母と実母は、同じ妻としての立場に立って紗英の懐妊を心から喜んでくれた。

時代は変わりつつあるとはいえ、やはり子供を産み跡継ぎを育てるのは歌舞伎役者の妻としての使命でもあるのだ。

「紗英、大事を取って今度の公演は東京《とうきょう》で留守番をしておいで」

駿之介にそう言われ、両親達の勧めもあって、紗英は同行を断念して自宅で留守を預かる事になった。

不在中も駿之介は毎日SNSを介して連絡をくれており、互いに画像を送り合ってはその日あった出来事を電話で話したりメッセージのやりとりをしたりしている。

（私も観たかったなぁ、駿ちゃんの道成寺……）

公演は十一月いっぱい続き、その間駿之介はずっと現地でホテル暮らしだ。

漁色家と言われている役者の中には、巡業に行く先々に現地妻を持つ者がいるらしい。そんな話を聞くたびに、忘れようと努力し続けているロングヘアの美女の顔が頭の中に思い浮かぶ。

日頃、駿之介と過ごしていても浮気の気配など皆無だが、彼女と寄り添いながら歩み去ったうしろ姿を思うと、終わりのない疑心暗鬼に囚われてしまう。

「駿ちゃんの道成寺、大好評みたいね。昨日の夕方のニュース番組で特集されてたの、見たわよ」

駿之介が九州に出発して一週間後、紗英はもうじき出産を迎える姉の鈴奈の様子を見るために実家を訪れていた。姉のお腹の子は女の子で、父親の公一は早くもデレデレになって毎日もうじき生まれ来る我が子に話しかけているらしい。

「うん、私も見た。事前に放送日を聞いてたから、バッチリ予約録画して保存してあるの」

結婚前は手の届かない人だった駿之介は、今や紗英の愛する夫でありお腹の子の父親だ。けれど、あいかわらず彼のグッズは残らず買い求めているし、自室の一画に専用の場所を作って綺麗に陳列してある。

「さすが紗英。伊達に長年駿ちゃんの推し活してきてないわよね」

「ふふん。これくらい、当然よ」

紗英が笑顔で肩をそびやかすと、鈴奈が可笑しそうに背中をペチンと叩いてくる。

「駿ちゃんのグッズ、今も増え続けてるの?」

結婚を機に、鈴奈には誰のグッズを集めていたのか明かし、駿之介にもバレてしまった事も説明済みだ。

「当たり前でしょ。最近は、どんなグッズを作ったらいいかとか、事務局の人に意見を聞かれるようになったくらい」

「え？　もしかして、紗英が後援会に入ってるの、事務局の人にもバレてるの？」

「実は、そうなの。最初は隠してたんだけど、お義母さんが用があってうちに来た時、うっかりグッズを見られちゃって――」

そこからいろいろと白状させられ、今では堂々と後援会に入っている事を公言し、時折運営に関する助言を求められるまでになっている。

鈴奈が感心したように、紗英の肩を持ってグラグラと揺らした。

「ほんと、紗英が駿ちゃんと結ばれてよかった。赤ちゃんもできた事だし、一安心ってとこね」

「まあね」

「まあねって、やけに歯切れが悪い返事ね。あ、そっか。今は離れ離れに暮らしてるから寂しいんでしょ。それとも、浮気の心配でもしてるの？」

鈴奈の問いかけが、ロングヘアの美女の笑った顔を思い出させる。

痛いところを突かれ、紗英はすぐに返事ができなかった。

鈴奈はやや意外そうな顔をしながらも、大きなお腹を擦りながらにっこりする。

「なぁに、その顔。駿ちゃんに限っては、その点は大丈夫でしょう？　真面目だし、浮気とか不倫とかいうのを毛嫌いするタイプだものね」

「もちろん、心配なんてしてないわよ。それより、お姉ちゃんもう臨月でしょう？　病院に行く段取りとか、もう済ませてるの？」

どうにか上手く話を逸らし、あとはもうそれぞれのお腹にいる子供の話に終始する。ひとしきり語り合って店に顔を出したあと、紗英は散歩を兼ねて少し寄り道をして帰る事にした。

立ち寄ったのは地元の肉屋兼総菜屋とパン屋だ。

いずれも昔からある店で、店主とも顔見知りだった。二人とも紗英の来店を歓迎して、おまけをたくさんつけてくれた。膨らんだエコバッグを眺めながら、紗英は空いているほうの手でお腹を撫でた。

妊娠してからというもの、やけにお腹が空く。今のところつわりもないし、かかりつけの産婦人科医からも何の問題もないと言われている。

本当は買ったばかりの揚げたてコロッケにかぶりつきたいところだが、さすがに人目があってそうもできなかった。

（用事は済んだし、早く帰ろう）

エコバッグの中には、義実家へのお土産や稽古場用の差し入れも入っている。

前方に駅の建物が見えてくると同時に、左手に背の高いマンションが見えてきた。

それは、一時期駿之介が一人暮らしをしていたところで、かつて祖父の伊左衛門が買って駿之介に生前贈与したものであるらしい。

場所は最上階の南側で、彼が実家に戻ったあとは人に貸しているようだが、詳しい事は聞かされておらず、知らないままだ。

ちょうどマンションの前を通りかかろうとした時、前方から長い髪をポニーテールにしている女性が歩いてきた。

紗英はその人を見るなり立ち止まり、瞬きをするのも忘れて女性の顔に見入った。

（あの時の人だ……！）

今まさにマンションに続く幅広の階段を上ろうとしているのは、間違いなくあの日駿之介と一緒にいたロングヘアの美女だ。彼女は一人ではなく四、五歳と思われる男の子を連れている。

どうしてここに？

まさか、このマンションに住んでいるとか？

あの男の子は彼女の子供なの？

父親は誰？

一気に様々な疑問が頭の中を飛び交い、しまいには駿之介が所有している部屋の借り主が彼女ではないのかと考えるに至った。

もしそうであれば、今までどうにか否定してきた駿之介の浮気疑惑が俄然現実味を帯びてくる。

（いくらなんでも、そんなわけないでしょ）

とんでもない憶測を打ち消しながらも、紗英は美女を追って階段を上り始める。

走っているわけでもないのに胸が苦しくなり、エコバッグを持つ手がぶるぶると震え出す。

さりげなく美女のあとについてオートロック付きのエントランスのドアをすり抜け、素早くフロア途中にある柱の陰に隠れた。

フロントにいる女性コンシェルジュと目が合ったが、住人のふりをして軽く会釈してやり過ごす。

男の子が美女の手を引いて右方向に進んだ。そこは集合ポストコーナーになっているようで、奥で扉を開けるような音が聞こえてきた。

「ママ～、僕これ読めるよ。〝と・り・い・ひ・め・か。な・お・や〟だよね？」

「そうよ。直哉《なおや》ったらいつの間に読めるようになったのかな？」

親子の会話が聞こえたあと、小さな足音がフロアの奥に駆けていく。

「直哉、待って」

「ママ、早く早く～！」

紗英は母子がエレベーターに乗り込むのを見届けたあと、急ぎ足で集合ポストコーナーに入った。前に聞いていた駿之介の部屋番号を探し出し、そこに貼られているネームプレートを確認する。

(鳥居《とりい》姫香《ひめか》、直哉……)

印字されているのは、ついさっき男の子が口にした名前に間違いない。

つまり、駿之介が所有している部屋に住んでいるのは、カフェの前で見たロングヘアの美女だったのだ。

「恐れ入りますが、ここの住人の方ではありませんよね？」

突然背後から声をかけられ、紗英はハッとしてうしろを振り返った。

そこにいるのは警備員の服装をした男性と、フロントにいたコンシェルジュだ。

「えっ……と、私は——」

これは厄介な事になった——。紗英がどう説明したものかと焦っていると、コンシェルジュが「あっ」と小さく声を上げて、一歩前に出た。

「申し訳ございません。少し遠かったものですから、松蔵様の奥様だと気がつきませんでした」

コンシェルジュが紗英に向かって頭を下げ、警備員がその場にかしこまる。

幸いな事に、彼女は今住んでいる住民だけではなく、物件の所有者やその家族についてもきちんと把握していたようだ。

紗英に関しては駿之介の結婚情報がマスコミに流れた時に、かつて「谷光堂」のホームページに載っていた顔写真が一部ネットを賑わしていたのを見たものと思われる。

「い、いえ……私がコソコソと隠れるようなそぶりをしたから悪かったんです」

コンシェルジュが平謝りするのを制止すると、笑顔でその場を離れ、何事もなかったかのようにマンションを出て駅に向かって歩き出した。

どうにか不法侵入の疑いは晴れたが、怪しい動きをしていたのを見咎められたのはよくなかった。

自身の無謀な行動を反省しつつ駅に辿り着き、電車に乗る。

車内は空いており、紗英はシートの開いている場所に腰を下ろした。前に見える窓の外を見つめてはいるけれど、何も見えていない。頭の中はさっき見た親子の事でいっぱいだし、明らかになった事実が紗英の心を完膚無きにまで打ちのめしている。

ただでさえショックを受けているのに、美女は男の子を連れていた。

（万が一、あの子が駿ちゃんの子供だったらどうしよう？）

自ずと湧いてきた疑問に頭の中を占領され、固く閉じた膝が微かに震え出した。駿之介は婚外子を作るような人ではないと思うものの、若気の至りという可能性もなきにしも非《あら》ずで――。

『浮気されても耐え忍んで、外で子供作られても文句も言えず夫を支えなきゃなんでしょ？』

今になって、もう忘れていたはずの元同級生の台詞が頭の隅に蘇ってくる。

新たに知った事実に打ちのめされ田紗英は、降りるべき駅に到着しても、シートから立ち上がる事ができなかった。

第三章　何があっても愛すると決めた人

秋の日はつるべ落とし。

ついさっき夕方になったと思ったら、もう外はすっかり暗くなっている。

十一月も下旬に差し掛かった日曜日、紗英は駿之介の祖母である千歳に連れられて都内にある劇場に来ていた。目的は駿之介の師匠である立花咲二郎の舞台を観るためであり、紗英は義祖母と並んで桟敷席に座り、客席全体を眺めた。

「さすが咲二郎さんねぇ。お客様が各方面からお見えだわ」

千歳の言うとおり、客席には様々な業界の有名人が集っている。

今日、咲二郎が踊るのは「鷺娘《さぎむすめ》」という演目で、白鷺の精が道ならぬ恋にもがき苦しみ、最後には降りしきる雪の中で絶命するというストーリーだ。

「鷺娘」は咲二郎の十八番であり、公演のチケットは即完売だったらしい。

堂演目の衣装は重さが数十キロに及び、演じるには高度な技術とそれを支える体力がいる。そのため、年齢的に今回の舞台が咲二郎の「鷺娘」を観られる最後の機会かもしれなかった。

駿之介も地方公演がなければ駆けつけているところだが、今日は彼に代わってしかと師匠の名演を脳裏に焼き付けておくつもりだ。

幕が開き、雪が舞う舞台中央に白い振袖姿の娘が一人佇んでいる。その立ち姿は美しくも悲哀に満ちており、それだけで身体中に鳥肌が立つ。早替えで衣装が変わるたびに、鷺娘は己の情念のままに舞い踊る。

紗英は息をするのも忘れて舞台に引き込まれ、懸命に生きようともがく白鷺の精がとうとう息絶えた時には涙が滝のように流れていた。

「あらあら、紗英ちゃん。あなた、咲二郎さんの舞に取り込まれちゃったのね」

すべての演目が終わったあと、紗英は千歳に促されて化粧室に向かった。鏡を見ると、泣いたせいで少々目蓋が腫れぼったくなっている。

どうにか化粧でそれを誤魔化し、千歳が待つ劇場内の喫茶店に急いだ。廊下を行く途中、ふと土産物売り場に置かれているステッカーを見て足を止める。

あとから立ち寄ろうと思って再度歩き出した時、店の中から聞き覚えのある女性の声が聞こえてきた。

「あら、紗英さん」

それはとある一門の中堅歌舞伎役者の細君で、以前何度か顔を合わせた事があった。

彼女は紗英よりも四つ年上で、五年前に結婚して、すぐに男の子を一人産み育てている。

「こんにちは、駒子《こまこ》さん」

紗英が挨拶をすると、駒子は鷹揚に頷いて微笑みを浮かべた。そして、まるで値踏みするかのような目つきで紗英の全身に視線を這わせる。

「素敵なお着物ね。でも、ちょっと色合いが明るすぎるんじゃないかしら」

歌舞伎役者の妻には配偶者と同様に厳しい序列があり、上下関係は夫の「格」と妻業の長さで決まる。

役者としての「格」で言えば駿之介のほうがずっと上だが、妻としてはまだひよっ子の紗英だ。これから教えを乞う事もあるかもしれないし、彼女は母親としても紗英よりも先を歩いている。

着物についての苦言は、先輩からのありがたい助言として受け止め、丁寧に礼を言った。

「それはそうと、あなた妊娠したんですって？」

いったい、どこからそんな話を聞いたのだろう？

安定期までは隠しておくつもりだったが、バレてしまったのなら仕方がない。

「はい。まだそうとわかったばかりなんですが」

「そうなのね。ちょっと太ったのはそのせいだったってわけね」

駒子が微笑み、紗英のお腹周りをじろじろと見まわした。

着物を着ている上に、今はまだ一キロも体重は増えていない。以前会った時もそうだったが、彼女はなぜか紗英に対して敵対心を剥き出しにしてくる。

普段さほど交流もなく、これほど敵視される理由がわからない。どうであれ、歌舞伎役者の妻としては先輩にあたるだけに、できる限り波風は立てたくなかった。

「ところで、駿之介さんは今、九州だったわね。駿之介さんってモテるから、紗英さんも、いろいろと心配なんじゃないの？」

意味ありげな言い方をされて、浮かべている笑顔がほんの少しだけ引き攣る。

先日見かけた鳥居姫花なる女性とその子供の事が思い浮かび、いっそう表情がぎこちなくなってしまう。

「東京から遠いし、あなたは妊娠中だし……」

「ご心配、ありがとうございます。幸い、駿之介さんは今からお腹の子に夢中で、毎日様子を聞くために連絡をしてくれるんです」

「あら、そう。もう性別はわかったのかしら？　産むなら、やっぱり男の子でないとね」

「いいえ、まだわかっていません。性別については、駿之介さんも私もどちらでもいいと思っています」

それはすべて事実だったし、話すうちに生まれる前から我が子を溺愛する駿之介の事を思い出して、自然と笑顔になる。

紗英が機嫌よくニコニコしていると、駒子は拍子抜けした様子で、別の知り合いのところへ行ってしまった。

（やれやれ……。で、結局何が言いたかったのかな）

人の不安をあおるのが大好きな人はいるし、駒子もその一人だ。いちいち本気で相手などしていられないし、するつもりもない。

しかし、彼女と話している間に、ふとまた不安が頭をもたげたのを感じていた。

頭の中に男の子の手を引いた美女のうしろ姿がチラつき、駿之介とどんな関係があるのか気になって仕方なくなる。

駿之介に限って、妻を不安がらせるような事をするはずがない――。

けれど、結婚前の事についてはどうだろう？

「紗英さん」

背後から声をかけられて振り向くと、千歳が笑顔で近づいてくるところだった。

「あ……おばあ様」

「喫茶店に行く前に、ちょっと知り合いに会ってしまってね。ついでに紗英ちゃんを探しに行こうとしてたのよ。ちょうどいいタイミングだったわね」

「あまり顔色がよくないみたいだけど、どうかしたの？　さっき、駒子さんと話していたみたいだけど、何か言われた？」

千歳に訊ねられ、紗英はごく軽い調子で事実だけを話した。

「そう……。駒子さんも、夫婦仲では苦労しているって聞いているし、そのせいで、ちょっとばかりひねくれた物言いをしてしまったのかもしれないわね」

歌舞伎役者の妻といっても、紗英のように特別名家の出ではない者もいれば、代々続く歴史ある家柄の令嬢もいる。

聞くところによると、駒子の父親は東京近郊にある大病院の院長で、昔から大の歌舞伎好きであるらしい。駒子自身は、さほど歌舞伎に興味はなかったものの、婚活の一環で父親とともに劇場に通うようになり、現在の夫と結婚するに至ったようだ。

「一時期、駿之介にも興味を持ったようだったけど、あいにく駿之介にはまったくその気はなくてね。だから、紗英さんの事が気になるのかもしれないわね」

「そ、そうだったんですか」

紗英はまだ歌舞伎界で囁かれている噂話には疎く、駒子の件も今初めて聞いた。

千歳がさらに教えてくれた事には、駒子は現在夫とは別居中で、離婚の危機を迎えているらしい。

「それでも、ああやってご挨拶に回っているんだから、たいしたものだわ。それが報われたらいいいんだけどね……」

紗英の妊娠がいつの間にか人の口に上るようになっているのと同様、狭い歌舞伎界ではありとあらゆる内輪話が漏れ聞こえてくる。

男女の仲は一筋縄ではいかない事も多く、ましてや華やかな歌舞伎界にいる者達は、ただでさえ目立つ存在だ。同じ事をするにしても、どうしても人目につきやすいし、それが悪い事なら致命的なスキャンダルになりかねない。

「その点、駿之介は心配いらないわね。あの子ったら、面白いくらい紗英ちゃん一筋なんですもの」

千歳が可笑しそうにクスクスと笑う。

そうだ——。

駿之介は、自分を心から愛してくれている。もとより、決して人を裏切るような人ではない。たとえ世の男性の大半が浮気をしようとも、彼だけは妻を悲しませるような事はしないと信じている。

ましてや、今は二人の子供がお腹に宿っているのだ。一時は母子が住むマンションを訪ね、何かしら知っているかもしれないコンシェルジュに話を聞きに行こうとまで思い詰めた。しかし、そんな軽率な行動が取れるはずもない。

あれ以来、鳥居母子の事が常に心に引っかかっているが、結局のところ二人が駿之介と、どんな関係にあるのかはわからないままだ。

どうであれ、むやみに心配して不安がるのは母体によくない。気になる事は多々あるが、今は駿之介を信じて、いつか彼がすべてを話してくれるのを待つしかなかった。

(何にせよ、駿ちゃんは私とお腹の子を悲しい目にあわせたりしない。それだけは、ぜったいの、ぜったいに大丈夫)

紗英は自分にそう言い聞かせ、千歳を気遣いながら喫茶店に続く階段を一歩一歩昇り始めた。

十一月も最終日になり、窓の外に吹く風も一段と冷たくなっている。

この頃の紗英は前にも増して食欲旺盛で、すぐにお腹が空く上に、胃が空っぽだと少々吐き気がして気分が悪くなった。

「安定期に入るまでは油断しちゃダメよ」

ちょうど今は駿之介が地方公演中でもあり、紗英は八重子に言われて極力動き回らずに済む仕事をこなしていた。今もテーブルの脇に小さなおにぎりを置いて、自宅のリビングでノートパソコンのキーを叩いている。

灘屋にはホームページがあり、常時一門の公演案内やその他出演情報などが掲載されている。むろん、駿之介や父親の正三郎も名を連ねており、灘屋の後援会もそこから入会申し込みができるようになっていた。

会員になるとオフィシャルの画像やビデオが閲覧できるようになり、公演チケットも優先的に買う事ができる。

それとは別に松蔵正三郎と駿之介が個別に立ち上げた個人事務所によるサイトもあり、こちらの管理は基本的に紗英が行っていた。

もともと結婚前は「谷光堂」のホームページの更新係だったし、管理自体はさほど難しくない。かたや駿之介自体はインターネット関連には疎くノータッチで、SNSなどによる個人的な情報発信も一切行っていなかった。

逆に正三郎は八重子の後押しもあって、個人でブログを立ち上げて十日に一度の割合で日々の様子などをアップしている。

更新速度は遅いけれど、ファンは見てくれているようで記事によってはコメントもかなり集まっていた。

インターネットで必要な情報を検索しているうちに、紗英はふと先日ニュースサイトで見た、駒子の夫に関する記事を頭の中に思い浮かべる。

駒子の夫は、あれから十日も経たないうちに、とある女性との不貞行為をマスコミにすっぱ抜かれた。記事によれば、駒子の夫はすでにその女性と暮らし始めており、来年には彼女との間に子供が生まれる予定であるらしい。

「天に向かって唾を吐く者は、必ず報いを受けるという事よ」

その記事を読んだ千歳は、紗英にそう言ったのみで、歌舞伎界の重鎮としてそれについてメディアからコメントを求められても、ひと言も口を開かなかった。

かつて度重なる夫の浮気に悩まされた義祖母だが、当時彼女が行ったマスコミ対応は、未だに業界内で語り草になっている。

彼女は皆の前で夫の不義は事実として認めた上で、離婚はないときっぱりと否定。夫に代わって世間を騒がせた事を詫びる態度は、梨園の妻の手本だと賞賛された。

千歳は由緒正しい灘屋の名に恥じない立派な妻であり、駿之介と結婚した自分は、それを継承していくべき人間だ。

けれど、果たしてそれが自分にできるだろうか？

体力と気力なら十分ある。しかし、何があっても千歳のように心を強く持ち続けられるかと問われたら、正直自信がない。

今だって、ややもすれば鳥居母子の事を思い出し、気持ちが振り子のように揺れ動く。駿之介を信じていれば何も問題はないのに、知ってしまった事実が紗英の心を落ち着かせてくれないのだ。

「ああもう！　もっとしっかりしなさい！」

そんなふうに自分を叱り飛ばすが、日を追うごとに胸のモヤモヤが広がって息が詰まってしまいそうだ。

（鳥居姫香、直哉……）

あの母子と駿之介の関係はさておき、かつて自分が住んでいた部屋に二人を住まわせるなんて、一歩間違えば特大のスキャンダルになりかねない。そんな危険を冒してまで、なぜそんな事を？

考えたくはないが、もし本当に直哉が駿之介の子供なら、自分はいったいどうしたらいいのだろうか？

ただの憶測だとわかっているのに、いつの間にか膝に置いた指先がぶるぶると震えている。

いよいよ明後日、駿之介が九州から帰って来る。

もういくら考えても埒が明かないし、今のままではいい加減メンタルがやられてしまいそうだ。

何にせよ、駿之介と母子に何らかの関係があるのは事実だ。そうであれば、マスコミに探り当てられる前に、夫婦間できちんと話し合って、すべてを明らかにすべきだった。

「よし、駿ちゃんにきちんと確かめよう」

そう決心した翌日の夜遅くに、無事九州公演を終えた駿之介が自宅に帰って来た。

時間的に、本来ならもう一泊してもよさそうなスケジュールだったのに、無理を押しての帰宅だったようだ。

「紗英、体調はどうだ？　ちゃんと食べているか？」

駿之介は帰りつくなり玄関先に立つ紗英を気遣い、まだわずかに膨らんでいるだけのお腹の前に跪《ひざまず》いて頬ずりをする。

「ただいま、パパだよ。長い間留守をして悪かったね」

ひとしきりお腹の子に話しかけたあと、駿之介が紗英の唇にキスをする。

「やっと、こうして紗英に触れられる……。毎日連絡は取り合っていても会いたくてたまらなかったし、源太が止めなかったら休演日に日帰りで帰京していたくらい寂しかった」

「私だって負けないくらい会いたかった。でも、お腹の子の事を考えて、どうにか我慢してたのよ」

二人は寄り添いながらリビングのソファに腰を下ろすと、顔を見合わせて何度となくキスを繰り返した。ひと月近く離れていたせいか、駿之介の温もりが身に染みる。

一年の内に舞台に立たない月はない駿之介だが、今年はもう都内の舞台を残すのみだし、来年の五月に予定されている名古屋《なごや》での長期公演までは離れ離れに暮らさずに済む。

「紗英とお腹の子に、お土産を買ったよ。だけど、ぜんぶ持ちきれなくて半分以上宅配便で送ったんだ」

彼は両手にあまるほどの土産を持ち帰っており、それだけでもソファ前のテーブルがいっぱいになっている。

「そんなにたくさん？　いったい何をどれだけ買ったの？」

紗英は半ば呆れながら駿之介に訊ねた。

彼は御曹司ゆえに世間知らずなところがあるし、お金にはまるで無頓着だ。

日常的に散財するわけではないが、ほしいものは躊躇なく買おうとするし、それができるほどの財力があるから始末が悪い。

これは、さすがにどうにかする必要がある――。

そう思い、二人で話し合いをした結果、駿之介がひと月に使える金額の上限を決める事になった。彼はそのほうが収支がわかりやすくなると喜び、現在はその他預貯金を含め、お金の管理はすべて紗英が管理している。

「ちょっと買いすぎたなとは思ったんだけど、紗英とお腹の子を思ったらいろいろとほしくなってしまって」

土産と言っても菓子などではなく、身体によさそうな食料品や乳児用のベビーグッズなどだ。

（ほんと、優しいんだから……）

きっと駿之介はこれらを選んでいる時、微笑んでいたはずだ。

彼は紗英と結婚して以来、表情が柔らかくなったと周りから言われているし、妊娠がわかってからはいっそう笑顔でいる事が増えた。

幼い頃から舞台優先の生活を送ってきた駿之介は、身の回りの事はほとんど付き人任せで、家事に至っては一切ノータッチだった。

けれど、家庭を持ってからはできる範囲で家の事を手伝うようになったし、この頃では身重の妻を気遣って何くれとなく世話を焼いてくれる。

それはとてもありがたいのだが、いろいろとおぼつかない様子を見ていると、つい口を出したくなってしまう。正直言って、自分でやったほうが早い。けれど、駿之介の気持ちがありがたくて、彼に任せて監督に回る事もしばしばだ。

「駿ちゃん、改めて九州公演お疲れ様でした。いろいろと大変だったでしょう？」

「紗英こそ、一人で心細かっただろうに。そういえば、お腹空いてないか？　うどんならすぐに作ってあげられるけど、食べるか？」

「えっ、駿ちゃんがうどんを作るの？　いつの間に、そんな事ができるようになったの？」

「今回付き添ってくれてた源太に教わったんだ。ホテルには簡単な料理ができるキッチンもついていたからね」

「そうなのね。じゃあ、お願いしようかな」

「了解。すぐできるから、ここで待っていて」

冷蔵庫のドアがバタバタと鳴ったあと、何かを刻む音が聞こえてくる。切れ切れに聞こえてくる包丁の音は、まったくリズムに乗っていない。刻んでいるのは、たぶんネギだ。コンコンと音がするのは、おそらく卵を割っているのだろう。

うどんを作る過程と聞こえてくる音を照らし合わせながら、紗英はハラハラしながらお腹を擦った。

(行って様子を見てみる？　でも、せっかく作るって言ってくれているんだし……)

紗英はキッチンを気にしながらも、テーブルの上を片付け始める。

そうこうしているうちに、どんぶりを二つ載せたトレイを持って駿之介がリビングに戻ってきた。

「おっと……」

トレイにはコップも載せられており、歩くたびに中の水が零れそうになっている。それでもなんとかテーブルまで辿り着き、駿之介がトレイをテーブルの上に置いた。

「あっ……コロッケうどん！」

紗英の前に置かれたのは、黄金色に揚げられたコロッケが載ったうどんだ。

「そうだよ。結婚前に二人でドライブに行った時に食べただろう？　あれ、すごく美味しかったよな。公演中、どうしてもあれが食べたくなって劇場の近くのうどん屋に行ったんだけど、メニューになくてね――」

駿之介は、コロッケうどんを求めて源太とともに何件かうどん屋をはしごしたらしい。しかし、どこの店もコロッケうどんはやっていなかったようだ。

「そうなると、余計食べたくなる。源太に、それなら自分で作ったほうが早いって言われて、その足でうどんの材料と鍋やどんぶりを買ってきて作ってみたんだ。さすがにコロッケは作れなかったから、肉屋で買ったやつだったけど」

駿之介が、今どんぶりに入っているコロッケもそうだと言って笑った。

忘れもしない首都高速湾岸線のパーキングエリア。

あの時食べたコロッケうどんは、確かに美味しかった。そして、それは駿之介にプロポーズされた直前に食べた、想い出深い一品でもある。

「また今度どこかで一緒にコロッケうどんを食べようって約束したの、覚えているか？」

「もちろん、覚えてる。駿ちゃん、約束を破ったら針千本飲ますからなって言ったよね」

「そうだったな。これで約束を果たせた。またドライブに行って紗英といろいろなパーキングエリアでコロッケうどんを食べたいな」

「あちこち回って、食べ比べをするっていうのもいいわね」

思えば、結婚生活をスタートさせて以来まだ一度も二人きりでプライベートな外出をしていない。駿之介はそんな暇がないほど忙しいし、紗英もやる事が目白押しで息つく暇もないくらいだ。

源太に成り代わって車を運転して駿之介を送る事はあるが、それは送迎であってドライブではない。今までただがむしゃらに日々を過ごしてきたけれど、振り返って見れば、あっという間に季節が移り変わっている。

(まだしばらくは忙しくて無理だろうけど、いつか駿ちゃんとゆっくり旅行にでも行きたいな)

そういえば、落ち着いてからと思っていた新婚旅行もまだ行けていない。

しかし、かなり先まで公演の予定が入っているし、お腹にはすでに子供がいる。

なかなか気軽に旅行に行く事もままならないが、駿之介のスケジュール管理を任されている今、彼の慰安も兼ねて数日だけでも仕事を忘れてゆっくりした時間を取ってもいいのかもしれない。

「じゃあ、熱いうちにいただこうか」

駿之介に促され、紗英は彼とともに「いただきます」と言って箸を持った。

彼はすぐに箸でコロッケを崩すと、ふうふうと息を吹きかけながら、うどんを食べ始める。

「その食べ方って……」

「うん、紗英の真似だよ。九州でもずっとこうやって食べていた。たぶん、三日に一度は食べていたんじゃないかな」

「そんなに?」

「そうだよ。あ、ちなみにこの卵を落とすっていうのは僕の発案なんだ。源太と二人でかき玉にしたり今夜みたいに半熟にしたりしてね。どうかな? お腹の子のためにも、紗英には栄養を取ってもらわないと、と思って――」

嬉しそうにそう話す駿之介の顔は、まるで初めての調理実習で上手くいった時の子供みたいだ。

二人で食べた想い出のメニューを覚えてくれていた事、それにアレンジを加えて一生懸命作ってくれた事――。

それが心の底から嬉しくて、紗英は自然と笑い声を漏らした。

「ふふっ……すごく美味しい。卵はいい感じに半熟でトロトロだし、ネギもたっぷり入ってて」

箸で摘まんだネギが、ところどころ切れておらず繋がっている。

それを見て、駿之介が声を上げて笑った。

「しまった。ちゃんと切ったつもりだったのに、ちょっと急ぎすぎたかな。ネギを切るのもかなり練習したんだよ。源太に『猫の手ですよ、坊ちゃん』なんて言われて、そういえば紗英もこうやって切っていたなって……」

駿之介がうどんを食べる手を止めて、紗英のほうに向き直った。じっと目を見つめられて、またキスをくれるのかと思って自然と顎が上向く。

「紗英、これからはもっとまともに料理の手伝いもするし、新しいメニューにもチャレンジする。だから、僕に料理を指南してくれないか？　手間だし時間もかかるだろうけど一生懸命取り組んで精進しますから」

駿之介が自分の太ももに手をついて、丁寧に頭を下げる。

紗英はびっくりして口をあんぐりと開けた。

「わ、私が料理の指南を……？　でも、私なんかただの素人だし、作るにもレシピがないとダメな時もあるし。と、とりあえず頭を上げて。ねっ？」

夫とはいえ、彼は灘屋の未来を背負って立つ存在であり、昔も今も変わらない紗英の最推しの人だ。

　そんな駿之介に頭を下げられ、紗英は箸を持ったままあたふたする。

「僕からしたら紗英は素人じゃなくてプロだ。料理だけじゃなく、妻としてもプロフェッショナルだよ」

「そ、そんな、大袈裟だよ」

「いや、大袈裟でもなんでもない。紗英はきちんと妻としての役割を果たしてくれているし、周りからの期待に応えようと必死に努力してくれている。紗英が頑張る姿を見て、僕ももっと見習わないといけないと思えるんだ」

「駿ちゃん……そんなふうに言ってくれてありがとう。すごく嬉しいし、励みになる。でも、プロはちょっと言いすぎかな。せめて、セミプロって事にしない？」

「セミプロ？　ふっ……紗英は謙虚だな。そういうところも含めてプロ級なんだけどな。ところで、さっき口がタコみたいになっていたけど、なんでだ？　もしかしてキスをされるのかと思っていたんじゃないか？　そうだろ」

　顔をグッと近づけられ、目をじっと覗き込まれる。

　駿之介の目の奥がキラリと光った。それと同時に、彼の身体全体から、そうとはっきりわかるほど強い〝雄〟のオーラが出始めた。

「えっ、えっ……それは、その……」

発せられるオーラがだんだんと強くなり、それに気圧されるように紗英の上体がうしろに倒れていく。

駿之介の手が紗英の背中を抱き込み、二人の距離がより近くなった。

「いいから正直に言ってごらん。紗英は僕とキスがしたかった。そうだね？」

夫のいつになく男性的な魅力に圧倒され、紗英は今や座りながら腰が抜けたようになってしまう。

「そうだとお言いっ！」

突然、駿之介の放つオーラの雰囲気が変わった。

色に例えれば、燃え盛り始めた炎のような赤から、仄暗い白に。

生き物で言うなら獲物を得ようとする若虎から、美しくも妖しい白狐《びゃっこ》みたいに。

「ふ……ふぇ……」

その移り変わりを目の当たりにして、紗英は目を見開いたまま動けなくなる。

今紗英の目の前にいるのは、駿之介であって駿之介ではない。

紗英は彼に魅入られたようになって、うっとりとその姿に見惚《みほ》れた。すると、今度は打って変わって妖艶な表情になり、ねだるような声音で紗英を口説いてくる。

「お願いでございます。そうだと言ってくださりませ」

舞台で見る早替わりのように目まぐるしく変化する駿之介を前に、紗英はもうなすすべもなく腑抜けてぐったりと彼の腕にもたれかかった。

二人で行った初めてのドライブデートに、熱々のコロッケうどん――。

駿之介は夫婦の想い出を、こんなにも大切にしてくれている。そんな最高の伴侶である彼が、妻を裏切るような事をするはずがない。

紗英は駿之介の変化自在な色香に酔いながらも、そう確信した。

ならば、さっさと鳥居母子について訊ねて、疑惑を綺麗さっぱり払拭《ふっしょく》すればいいだけの話だ。そう思うものの、今の甘い雰囲気から抜け出すなんて離れ業は、できるはずもなく――。

「紗英、愛しているよ……紗英がそばにいてくれるだけで、僕は……」

言葉尻がキスに変わり、唇の隙間から温かな舌が入ってくる。

紗英はそれを口の中に招き入れると、静かに目を閉じて駿之介からの溢れるほどの愛情を甘受するのだった。

十二月の第一週の日曜日に、姉の鈴奈が無事女の子を出産した。子供は「和佳奈《わかな》」と名付けられ、産後は母子ともに健康そのもの。予定では一週間のところを六日で退院して、現在は自宅に戻っている。

紗英は姉の了承を得た上で出産の祝いを持って実家に向かい、母親になった鈴奈と初めて見る新生児と対面した。生まれたばかりの姪はベビーベッドの中でぐっすりと眠っており、紗英は起こさないように小さな声で和佳奈に話しかける。

「うわぁ、可愛いっ。和佳奈ちゃん、初めまして。おばちゃんだよ～」

和佳奈の髪はまだうっすらと生えているだけだが、目鼻立ちがはっきりとした女の子らしい顔つきをしている。少しぽっちゃりした姉はあいかわらず綺麗で、もとは小さめだった胸がかなり豊かになっていた。

「お姉ちゃん、お疲れ様でした。初産って、やっぱり大変？　陣痛ってどのくらい続いた？」

「そうねぇ。大変だったし陣痛も結構長く続いたけど、和佳奈を一目見たらぜんぶ吹き飛んじゃった」

「そうなんだ……。ふぅん」

「紗英は今月で四カ月だよね。具合はどう？　健やかに過ごせてる？」

そう言って妹の体調を気遣う様子は、どことなく母親の可子に似ている。結婚後は母親に代わって店頭に立つ事も多くなった鈴奈は、和菓子屋の女将としての風格を少しずつ身につけているみたいだ。

「うん、おかげさまで周りに助けられながら毎日を過ごさせてもらっているよ。みんな本当に優しくしてくれるし、駿ちゃんも忙しいのにいろいろと気遣ってくれているし」

駿之介は現在「十二月大歌舞伎」と銘打たれた公演に出演中であり、「義経千本桜《よしつねせんぼんざくら》」という演目の中で恋人を探して旅をする静御前《しずかごぜん》を演じている。

「そう、だったらいいけど。そういえば、お腹の子の性別はもうわかったの?」

「ううん、まだわからないの」

「そっか。どっちにしても楽しみだわ。紗英、駿ちゃんと結婚してもうじき半年になるね。前はお転婆な感じだったけど、今はもうだいぶ落ち着いた感じがする。言葉遣いとか立ち居振る舞いも、前よりずいぶん上品になったね」

夫婦間や実家家族相手に喋る時は自然と口調も砕けてしまうが、普段話す時はきちんとした日本語を使うよう心掛けている。

立ち居振る舞いに関しては、義祖母や義母などを倣っているし、前よりも着物を着る機会が多くなっているおかげもあるのだと思う。

「ほんと？　お姉ちゃんにそう言ってもらえると嬉しいな。私、いろいろと頑張ってるつもりだけど、まだまだ至らないところがたくさんあって困っちゃう」

「そうかもしれないけど、今はお腹に赤ちゃんもいるんだし、ほどほどにね。紗英は駿ちゃん同様頑張りすぎるところがあるから、くれぐれも無理をしないで。前から言ってるけど、何かあったらすぐにお姉ちゃんに相談するのよ」

鈴奈は昔から紗英にとって頼りになる存在で、子供の頃はちょっとした悩み事があるとすぐに姉に相談をしたものだ。さすがに大人になってからは回数も少なくなったけれど、妹を思いやる姉の気持ちは今も昔と同じで優しくて温かい。

「ありがと……」

お礼を口にすると同時に、ふと鳥居母子の事が頭に思い浮かんだ。駿之介に聞いてはっきりさせようと思いながらも、忙しさもあって未だ言い出せずにいる。

思い悩む表情を見咎めたのか、鈴奈が気づかわしげに、紗英の顔を覗き込んできた。

「どうしたの、紗英。何か悩み事があるんでしょう？　なんでもいいから話してみて」

姉に言われ、紗英は鈴奈にすべてを打ち明けて、意見を聞いてみようと心に決めた。

「実はね……先月、街で駿ちゃんが女の人といるところを見かけちゃって――」

紗英は事の始まりから終わりまでをすべて鈴奈に明かした。

姉は怒りの表情をあらわにしながらも、黙って最後まで聞いてくれた。

「それで、紗英自身はどうなの？　駿ちゃんは浮気してると思う？」

ストレートに聞かれて、紗英はすぐに首を横に振った。飽きるほど何度となく自問して答えを出してきたが、どう考えても駿之介が不義を働くとは思えないのだ。

「そうよね。私もそう思う。だけど、問題は駿ちゃんがその母子の事を紗英に内緒にしてるって事よ。これについては、きっちり説明してもらわないと収まりがつかないわ」

「そうだよね。だけど、ちょうど今舞台中だし――」

「でも、もうひと月もそうやって悩んでるんでしょ？　紗英が苦しいと、お腹の子だって嬉しくない。そりゃあ舞台も大事だけど、プロなら何があっても務められるはずよ。心労は母体に悪いから、さっさと聞いちゃいなさい。いい？」

公演は今月の二十六日まで続き、千秋楽はまだ十日以上先だ。

しかし、確かに悩んでいる時はお腹が空いていても食が進まないし、美味しく食べられなければ栄養も、十分に行き届かないかもしれない。

「わかった。今日帰ったら、すぐに駿ちゃんに聞いてみる」

「よく言った。紗英、頑張ってね。言っとくけど、お姉ちゃんはいつだって紗英の味方だから」

鈴奈の力強い言葉に勇気づけられ、紗英は実家家族に暇乞《いとまご》いをして帰途についた。

駿之介の舞台は夕方からで、今日は源太が送迎や楽屋での世話を焼いてくれている。

紗英は駿之介の帰りを待ちながら、晩ご飯の用意に取り掛かった。

今夜は彼の好きなメニューをそろえようと、帰りにスーパーマーケットに寄って買い出しも済ませてある。作るのは煮込みハンバーグと今が旬のカキフライ。冬野菜の焼きマリネにレンコンのきんぴら。汁物は具沢山のミネストローネだ。

「よし、作るぞ～」

紗英は気合いを入れて材料を切り始め、丸く形を整えたハンバーグを丁寧にフライパンの上に並べた。副菜を手際よく作りながらミネストローネを煮込み、大振りのカキに衣をつけて熱くなった油の中に滑らせる。

調理中にチラチラと時計を見ては時間を確認していると、スマートフォンに駿之介からのメッセージが届いた。

『もうじき帰る。お土産は古市屋のアイスクリームだよ』

「やった、古市屋のアイスクリームだ～」

思わず小さく万歳をして喜んでしまい、自分の他愛なさに呆れかえった。

気を取り直して今夜のメニューをメッセージで送信すると、すぐに「楽しみだ」と返事が返ってきた。

「さてと……気合いを入れ直さないと」

紗英はエプロンの紐を締め直し、口をギュッと一文字に結んだ。

もうじき帰宅する夫に、胸に抱えている疑問をすべて打ち明ける——。

これは、自分にとって一世一代の大舞台だ。

「ふぅ……」

紗英は深呼吸をして気持ちを整え、精神を落ち着かせながら改めて調理に集中する。

すべてが整った頃、ちょうど駿之介が帰って来た。

紗英はいつものとおり玄関で夫を出迎えて、両手に持っている荷物の片方を受け取ろうとした。

「今日の荷物は重いから、自分で運ぶよ。紗英、お姉さんと和佳奈ちゃんはどうだった？」

駿之介にアイスクリームが入ったボックスを渡され、頬にキスを受ける。

目が合い、そのまま今度は唇にキスをされた。

うっかりそれにほだされてしまいそうになるも、どうにか踏みとどまって大舞台に立つための心の準備をする。

「二人とも元気だったよ。お姉ちゃん、もうすっかりお母さんしてた。和佳奈ちゃんはお姉ちゃんと公一さんのいいところをもらったって感じですごく可愛いの。あとで写真を見せてあげるね」

「うん、折を見て僕も一度顔を見せてもらいに行かないとな」

洗面所に向かう駿之介を見送り、紗英はダイニングテーブルの前に立った。

食べる前に言おうか、食べ始めてから言おうかと迷っているうちに、着替えを済ませた駿之介がリビングに入ってきた。

「紗英、今日は僕の大好物ばかり作ってくれたんだな。何か特別な事でもあったのか？」

駿之介に問われて、紗英はこの時とばかりに拳を握り締めた。

「じ、実は、駿ちゃんに折り入って確かめたい事があるの。いい？」

紗英のいつもとは違う様子に気づいたのか、駿之介が表情を引き締めた。

「もちろん、いいよ」

駿之介に椅子を引いてもらい、紗英はダイニングテーブルのいつもの位置に座った。彼は自分の椅子を紗英のすぐそばに移動させ、二人はテーブルの角で向かい合わせになって顔を見合わせる。

自分を見るまっすぐな目に一瞬ひるみそうになるも、思い切って最初のひと言を口にした。

「駿ちゃん、鳥居姫香さんって誰？」

紗英を見る駿之介の顔にサッと緊張が走った。

それは今までに見た事がない表情で、驚きや困惑のほかにいろいろな感情が混ざっている。

「どうして、その名前を……」

駿之介が独り言のように呟き、ほんの少しの間考え込むようなそぶりをする。

やはり、何かしらうしろめたい事があるのだろうか？

紗英は混乱して、あらかじめ考えておいた質問を駿之介にぶつけた。

「先月、私が友達と会うって言った日、駿ちゃんは一日稽古だって言ってたよね？ それなのに、どうして彼女と二人きりで会ってたの？ 鳥居さんには直哉っていう名前の男の子がいるよね？ なんで二人が駿ちゃんのマンションに住んでるの？」

冷静に聞くつもりだったのに、気持ちが騒いでついまくしたててしまった。

駿之介が、いっそう驚いた顔をして紗英を見る。彼は軽く頷くと、紗英の目を見つめながら居住まいを正した。

「紗英、ちゃんと話すから、まずは紗英がどうしてそれを知ったのか順を追って教えてくれるか?」

少なくとも、駿之介はきちんと応えようとしてくれている。

そんな彼の態度に少しだけ安堵し、紗英はカフェの前で駿之介を見た時からの一部始終を話した。

時折頷きながらすべてを聞き終えた駿之介が、紗英の顔を見ながらゆっくりと口を開く。

「そうか……確かに、あの日僕は今紗英が言った場所に行った。あの時は、稽古中に急に彼女から連絡が来て、父に一時間だけ休憩をもらって出かけたんだ」

妻に嘘をついて出かけていたわけではなかったのはよかったが、二人で会った事に変わりはない。

紗英は返事をしないまま駿之介の目をじっと見つめ続ける。

「用件は、彼女の息子の――直哉君の誕生日プレゼントを渡すためだ。本当はあの日の二日後に渡すつもりだったんだけど、急に向こうの都合がつかなくなってね。いずれにせよ、紗英にはもっと早く話しておくべきだったな」

いよいよ核心に迫る話をされる――。

紗英は呼吸を整えながら、駿之介がまた口を開くのを待った。

「実は少々複雑なんだけど、鳥居姫花さんは僕の叔母にあたる人なんだ」

「お……叔母!?」

叔母とは言うまでもなく自身の父母の妹にあたる人だが、彼女はどう見ても二十代後半といった感じだった。

「それって、どういう事?」

紗英が混乱していると、駿之介が身を乗り出して手をギュッと握り締めてくる。

「よく聞いてくれ――。これはうちの亡くなった祖父が僕にだけ明かしてくれた話なんだが……彼女は祖父の婚外子なんだよ」

「お……おじい様の婚外子?　いったいどうして……」

思いもよらなかった事実を知らされ、紗英は言葉を失ってしまう。

駿之介が言うには、彼の祖父松蔵伊左衛門には、関西方面で公演する時にいつも訪れる料亭があった。そこで出会った一人の芸者を贔屓にしているうちに、つい情が湧いて自分がすべての面倒を見ると言って東京に呼び寄せたらしい。

その女性は、その後予定外に伊左衛門の子供を身ごもってしまった。その結果、生まれたのが姫花だ。

当時、伊左衛門はすでに還暦を優に超えており、一方の女性はまだ三十代半ばだった。

子を生《な》した間柄とはいえ、相手は名も地位もある大物歌舞伎役者だ。当然、妻子がいると知っていたし、その上で囲われて妊娠までしてしまった自分が悪い——。

そう考えた姫花の母は、思い悩んだ末に身重の身体で祖父の前から完全に姿を消してしまった。

伊左衛門は懸命に女性を探したが、結局は行方知れずのまま二十年以上経ち、ようやく見つけた時には、すでに姫花の母は鬼籍に入っていたのだという。

「見つけた時、姫花さんはまだ二十歳前だったそうだ。責任を感じた祖父は、それ以後の姫花さんの生活を全面的に支え続けたんだ」

伊左衛門が姫花を見つけ出した時、彼女はすでに芸者として身を立てるために都内にある置屋に身を寄せており、衣食住は足りていた。

当初はいきなり現れた父親を拒絶したが、妻子がある男性の子を妊娠したのをきっかけに、渋々ではあるが援助を受け入れるようになったようだ。そして、そうするうちに少しずつ親子として心を通じ合わせるようになったのだ、と。

「うちの父は昔から祖母には頭が上がらないし、知れば挙動不審になって十中八九祖母にバレてしまう。そうなったら間違いなく大騒ぎになるだろうし、それが外部に漏れでもしたらただでは済まされない。そうならないようにと、祖父は父じゃなく僕に秘密を明かして、のちに鳥居母子の面倒を見る役割を託したんだ」

駿之介が姫花に引き合わされたのは今から四年前で、その時にはもう直哉が生まれていた。当然の事ながら、出会った当初はかなり面食らったらしい。

けれど、同じく芸を魅せるという職業に就く者同士、日本舞踊や長唄などの話をするうちにだんだんと打ち解けてきたようだ。

「そういうわけだったのね……。おじい様、認知はなさってたの？」

「いや、責任を持ってすると言ったようだが、姫花さんの母親に頑として断られたらしい。戸籍に残ると、あとあと問題になるし自分はあくまでも日陰の身だからぜったいに嫌だと」

「でも、それだとおじい様の遺産は姫花さんに渡らないんじゃ……」

「そうだ。祖父は姫花さんにも認知の件を持ちかけたようだけど、彼女からも固辞されてしまったらしい」

それでも我が子に相応の財産を残したいと思い、伊左衛門はそれも含めて駿之介に自分が死んだのちの事を託した。

まさか、鳥居姫花が義祖父の隠し子だったとは思ってもみなかったが、そういう事ならすべて納得できる。一時は、本当に血が繋がっているのかと疑った事もあったようだが、それをあっさり否定するほど姫花母子には伊左衛門の面影があるらしい。

話を聞き終えた紗英は、口を半開きにしたまま姫花の顔を思い浮かべた。

「だから、駿ちゃんのマンションに住んでたのね」

「そうだよ。あのマンションは一応僕の名義にはなっているんだけど、本当は姫花さんのために祖父が遺したものなんだ。だから、頃合いを見て名義変更をするつもりでいる」

「そっか……。そういうわけだったんだね」

複雑な関係ではあるけれど、間違いなく姫花は駿之介の血縁者だ。

紗英は大きく息を吐くと同時に、椅子の背もたれに上体を預けた。

よもや、そんな事情があったなんて……。

予想外すぎる展開に驚きすぎて、まだ頭の中が整理できていない。

しかし、何はともあれ駿之介に関する心配事は綺麗さっぱりなくなったのだ。

「おばあ様は、本当に何もご存じないの？」

「祖父が亡くなった時の様子からすると、まったく気づいていないと思う。祖父は姫花さんに関しては徹底して隠していたし、会う時はぜったいに誰にも見咎められない場所を選んでいたらしい」

浮気癖があるゆえに常にマスコミにマークされていた伊左衛門だったけれど、姫花の事は特別に思っていたのだろう。

「祖父は確かに女癖が悪かった。でも、自分の妻は千歳ただ一人。ほかはほんの戯れで、子をなすほど本気になったのは姫花さんの母親だけだったと言っていた」

言っている事がむちゃくちゃだし、妻としての立場で考えると、義祖父がやった事は自分本位すぎて話にならない。

明らかに道徳的に間違っているし、千歳に対するとんでもない裏切り行為だ。

けれど、だからといって祖父の頼みを無下に断るなんてできないし、そうでなくても、幼い子を育てながら懸命に生きている血縁者を見捨てる事などできないだろう。

「ぜんぶ、わかった。駿ちゃん、ごめんね。私――」

「いや、悪いのは僕で謝らなきゃいけないのも僕だ。ごめん、紗英……しなくていい心配をさせて、本当に悪かった」

駿之介が、そう言いながら身を乗り出して紗英を腕の中に包み込んだ。

彼の温もりが、これまで胸に溜まっていた滓をすべて取り払ってくれる。

「パパがママを苦しめて、ごめんな。もうぜったいに隠し事はしないって誓うよ」

紗英のお腹に手を当てると、駿之介が腰を落として紗英の足元に跪いた。

「私だって駿ちゃんに、姫花さん達の事で悩んでるのを、ずっと隠してたんだもの。同罪だよ」

「いや、明らかに僕の罪のほうが重い」

言いながら顔を上げた駿之介が、上目遣いに紗英を見つめてくる。

その表情が叱られた幼子のように見えて、胸がキュンとしてしまった。

「駿ちゃんの事は信じてた。でも、どうしても不安になっちゃって……。今回の事で、私って思っていた以上に嫉妬深いんだなって自覚したわ。妻として、まだまだ未熟者だな……。だって、信じてるなら、あんなに不安になるはずないもの」

「僕だって、紗英が僕の知らない男と一緒にいるところを見たら、不安になるし嫉妬だってすると思う。以前、紗英が公一さんと二人で配達をした時の話を聞いた時も、かなり悶々としてずっと引きずってたし――」

確かに、かなり前にそんな話をしたような覚えがある。しかし、よもやそれで駿之介がヤキモチを焼いていたとは――。

「駿ちゃんったら、そんな的外れな心配してたの？」

「ああ、していた。山ほどしていたよ」

きっぱりと断言され、紗英はにわかに胸が熱くなった。

「私、駿ちゃん以外の人に目もくれた事ないのに」

紗英が笑うと、駿之介も同じように笑い声を漏らした。そして、起き上がって紗英の唇にしっとりとキスをする。

「僕だってそうだ。僕は紗英ほど気持ちを伝えるのが上手くない。だから、もしかしたら半分も伝わってないかもしれないけど、僕は紗英に心の底から惚れている。紗英、愛しているよ。これからは、もっと紗英を幸せにする。もちろん、お腹の子も一緒だ」

「駿ちゃんっ……」

気持ちを抑えきれなくなった紗英は、駿之介と見つめ合いながら何度となく彼の唇にキスをする。

ひとしきり唇を合わせている途中で、紗英の腹の虫が鳴った。せっかくの雰囲気が台無しになり、紗英はあわてて両手でお腹を抱え込んだ。

「あ、赤ちゃんが、お腹空いたみたい。駿ちゃんも、そうだよね。今すぐに用意するから」

紗英が照れ笑いすると、駿之介がその頬に唇を寄せる。

それからすぐに二人で食卓を囲み、食べながら鳥居母子の件を改めて話し、近いうちにきちんと顔合わせをしようという事になった。

食事が終わりデザートのアイスクリームを楽しんだあと、駿之介が率先して皿を運び洗い物を手伝ってくれる。

「駿ちゃん、疲れてるだろうから先にお風呂に入ったら？」

「ありがとう。じゃあ、そうさせてもらおうかな。でも、そのあと少し稽古場に行ってくるよ」

義実家と同じ敷地内にある稽古場は、自宅から歩いて三分の距離だ。

駿之介が稽古場に行くのを見送り、彼が持ち帰った荷物の整理をする。

（舞扇、もうだいぶボロボロになったなぁ）

練習用の舞扇は消耗品で、一般的な扇子よりも骨に厚みがあって丈夫だが、使っているうちに中骨が折れたり扇面が破れたりする。

しかし、先輩役者から譲り受けたものや気に入って使っているものは手放しがたいようで、駿之介はもう何度も修理に出して大切に使い続けている。

今紗英が手にしているものも彼のお気に入りで、白地に竹模様とシンプルなデザインだが、使い込むほどに手に馴染むのだという。

これまでに駿之介の稽古場で踊る姿を何度となく見てきた。舞台の上の彼は白塗りをして紅を引いており、女の紗英から見てもドキドキするほど綺麗だ。

一方、稽古場で踊る彼は素顔に浴衣姿で、女性を感じさせる要素など一切ない。

それなのに、いざ女方の役を演じ始めると一変する。

男性でもない女性ですらない、舞台の上でのみ生きる女方という崇高な存在になり替わるのだ。紗英が思うに、稽古場で演じる駿之介の女方は、本番の時とはまた違う独特の魅力がある。

たとえば、化粧なしの目元で送られる流し目――。

これには、直視できないほどの破壊力がある。

くるりと回る時の足さばきや、しどけなく脚を崩す時の腰の動き――。

これらに至っては、見るたびに瞬きを忘れてしまうほど妖艶で色っぽい。

(さすが次世代の星だよね。私なんか、ありとあらゆる面で女として負けている気が

するなぁ）

用事を終えて、入浴をするためにバスルームに向かった。

手際よく全身を洗いながら、つい先日、戯れに駿之介に凄まれたり誘惑されたりした時の事を思い出す。あの時の彼も表現のしようがないほど魅惑的だった。

（えっと……確か、こうだったよね）

紗英はその時の駿之介の顔を真似て、眉根をギュッと寄せた。そして、小さな声で彼が言った言葉を口にしてみる。

「そうだとお言いっ！　お願いでございます。そうだと言ってくださりませ……なぁんて、ぷぷっ！」

言い終えてすぐに、可笑しくて声を上げて笑ってしまった。

とてもじゃないけれど、あんなふうに言えないし、当然ながら自分など駿之介の何億万分の一ほども人を魅了する力などないと自覚する。

「あ〜あ、嫌になっちゃう。私って、どうしてこうも色気がないんだろう」

自分に愛想を尽かせながらシャワーを止め、ドアを開けて外に出た。

「わあああっ！」

驚いた事に、洗面台の前に駿之介がこちらを向いて立っている。

「しゅ、駿ちゃん、い、いつの間に帰ってたの？」

紗英は驚きながらすりガラスになったドアの陰に身を隠した。けれど、いくら隠れても、裸の身体は向こうに透けて見えている。

「つい今しがた……驚かせてごめん」

「う、ううん、私こそ、大声を出してごめんね。シャワーを浴びてたから、ぜんぜん気づかなかった」

「そうか」

「駿ちゃん、また汗をかいたの？　お風呂、今空けるね」

駿之介にバスルームを開け渡そうとしたが、バスタオルは洗面台の上だ。

さすがに裸でそこまで行くわけにはいかず、紗英はどうしたものかと思い悩んでもじもじする。

「紗英、久しぶりに一緒に風呂に入らないか？」

「え？　で、でも——あ、背中を流してほしいの？　だったら、一度出て準備をしてからのほうがいいよね？」

「いや、背中は自分で洗うから準備はいらないよ。ただ、一緒にいてほしいと思って……。それと、ついでにさっきの『お願いでございます。そうだと言ってくださりませ』ってやつ、もう一回言ってみてくれないかな？」

「き、聞いてたの？　は、恥ずかしい……そんなの無理っ！　プロの前であんなグダグダの台詞なんて言えるわけないでしょ」

話している間に、着ているものを脱いだ駿之介がバスルームに入ってくる。

紗英は素早く湯船の中に逃げ込み、駿之介の動向を窺った。

夫婦とはいえ、まだ裸を見られるのは恥ずかしいし、ましてや今は妊娠しているために徐々に体型が崩れ始めている時だ。

駿之介は神秘的だとか綺麗だとか言ってくれるが、紗英にしてみればもともとの幼児体型がさらに崩れたとしか思えない。

「いや、ぜひもう一度言ってみてくれ。さっきの紗英のおねだり声、今度の役に活かせそうなんだ」

かけ湯をして湯船に入ってきた駿之介が、真顔でそう頼んでくる。

「え……ほ、ほんとに？」

ものすごく恥ずかしいが、そう言われては断るわけにもいかなかった。

「じゃあ、言うね……。お……お願いでございます。そうだと言ってくださりませ」

言い終えるなり、駿之介が紗英の身体を湯の中で腕にすくい上げた。

「きゃっ……わわわ……」

あれよあれよという間に彼の両脚を跨ぐように座らされ、駿之介と向かい合わせになった。

「もう一度」

駿之介に乞われて、紗英は恥じらいながらも、また同じ台詞を繰り返した。

何度かそんな事を繰り返すうちに、彼の顔がどんどん赤くなっていくのに気づく。

「ねえ、駿ちゃん。なんだか顔が赤いけど、大丈夫？」

「だって仕方ないだろう？　紗英があんまり色っぽいから……」

「んっ……駿……」

湯の中で抱きすくめられ、唇を重ねられる。身体が、ぴったりと密着して、身じろぎすらできない。このままでは、二人ともものぼせてしまいそうだ。

「駿ちゃん、もう出ないと……」

紗英が唇を離すと、駿之介が名残惜しそうに両方の眉尻を下げた。

「紗英、今夜は同じベッドで寝よう。いいだろう？　……お願いでございます。いいと言ってくださりませ」

そう言ってねだる駿之介は、れっきとした男性でありながら、女方の可愛らしさと色気を兼ね備えている。

「駿ちゃん、ずるい。そんなふうにお願いされたら、断りきれないよ」

ふくれっ面をする紗英の頬に、駿之介が唇を寄せる。

紗英は立ち上がる彼の腕の中に抱かれたまま、バスルームを出た。そして、途中で手に取ったバスローブを駿之介の肩に着せかけ、その上にそっと頭を寄り添わせるのだった。


初めて松蔵家で迎える新年は、ゆっくりと腰を据えてお茶を飲む暇がないほど忙しい。

松蔵邸には正三郎の弟子達を始め多くの来客があり、迎える義父は一階の庭に面した広間で皆を歓待し、それぞれと新年の挨拶を交わしたり今年の抱負を聞いたりしている。

それが済むと、来客達は各自隣の部屋に用意した料理を食べて帰っていく。

気がつけばもう夕方になっており、ようやく客足も穏やかになってきている。

「紗英ちゃん、無理をしちゃダメよ。くれぐれも身体を冷やさないようにね」

稽古場と義実家の母屋を行ったり来たりしている紗英を見て、八重子が心配して声をかけてくれる。

お腹の子も五カ月目に入り、ようやく安定期に入った。紗英の身体はふっくらとした丸みを帯びてきて、お腹の膨らみもだいぶ目立ち始めている。

「そうよ。お弟子さん達の対応は私と源太に任せて、紗英ちゃんはもううちに帰ってゆっくりしなさいな」

千歳が、そう言って紗英が持っている盆を渡すよう促してくる。

今朝は朝早くから起きて、お客様を迎える準備に取り掛かっており、少々疲れているのは確かだ。けれど、中心になって動いている義母はもっと大変なはずだし、義祖母は続々とやって来る弟子達を正三郎とともに笑顔で歓待しており、そろそろ一息つきたいところだろう。

「でも、私だけ先に休むなんて……」

「いいのよ。紗英ちゃんはお腹に赤ちゃんがいるんだし、あとは私と八重子さんだけで大丈夫よ。それに、そろそろ駿之介が挨拶回りから帰って来る頃でしょう？」

千歳にそっと背中を押され、紗英は皆が集っている大広間を出て玄関に向かった。

ちょうど鉢合わせた来客と挨拶を交わし、上がるよう勧める。

「さあさ、もう行きましょ。息抜きがてら途中まで送らせてちょうだいね」

千歳とともに松蔵邸をあとにし、自宅に続く道を二人並んで歩く。

道はゆったりとした幅があり、少しだけ坂になっている。

「足元、気をつけてね。安定期に入ったとはいえ、まだまだ油断ならないから」

妊娠してからというもの、義母はもとより義祖母の気遣いが半端ではない。

千歳が妊娠した時は姑達からかなり時代錯誤な言葉をかけられ、辛い思いをしたらしい。そんな過去があったからか、彼女は八重子が妊婦になった時には、いつも以上に義理の娘に優しくしたと聞いている。

時代とともに、物事は移り変わっていく。長い歴史とともにある歌舞伎界において、千歳は後進のために古臭い慣習をきっぱりと断ち切ってくれる、ありがたい存在だった。

「女はね、妊娠中でなくても身体を冷やしちゃいけないわよ。ぬくぬくポカポカしていれば、たいていの病気は退散していくから」

千歳に背中を擦られ、紗英はにっこりして「はい」と言った。

紗英の父方の祖父母はもうだいぶ前に亡くなっており、母方のほうは祖母が存命だが地方在住でそう頻繁には会えなかった。

昔から可愛がってもらっている事もあり、義祖母や義両親は紗英にとって血縁のある親族のように親しみが持てる存在だ。

「駿之介ったら、年始の挨拶が終わるなり『くれぐれも紗英には無理はさせないでくれ』って怖い顔するのよ」

千歳が駿之介の真似をしてわざとしかめっ面をする。

それが可笑しくて、紗英は歩きながら声を出して笑った。

「あの子、本当に紗英ちゃんの事が大好きなのね。結婚してから、駿之介はいい意味で変わったわ。芸にも深みが出てきたし、少しずつ風格も感じられるようになって」

「そうですよね？　私も、そう思ってました！」

紗英が声を上げると、千歳がぷっと噴き出す。

「あ……ち、違いますよ？　駿之介さんが私を大好きとかいうのじゃなくて、芸に深みが出たとか風格が感じられるようになったって事についてそう言っただけです。……って、私ったらなんだか偉そうな言い方ですね」

しどろもどろになる紗英の背中を、千歳がポンポンと叩いた。

「二人とも、本当に一途に相手の事だけを思っているわよね。いい事だし、本当に羨ましいわ。これからも駿之介のそばにいて、いろいろと助けてやってちょうだい。じゃあ、駿之介によろしく」

千歳はそう言い残すと、ちょうど半分ほど来たところでもと来た道を帰っていった。

紗英はそのうしろ姿に軽く頭を下げると、今月下旬に会う事になっている姫花を思い、なんとも複雑な気持ちになるのだった。

第四章　すべてを捧げたいと想う人

新年のあわただしさもようやく落ち着いた頃、紗英はいつものように舞台を務める駿之介を劇場に送迎し、源太とともに楽屋で支度する夫に付き添ってこまごまとした雑事をこなしている。

初春を祝っての公演の演目は「東海道四谷怪談《とうかいどうよつやかいだん》」。

およそ二十日間行われる舞台の主役は駿之介が女方の師と崇める立花咲二郎で、去年の十月と同じで彼の特別公演に出演させてもらう形だ。

前回は咲二郎とともに女方を演じた駿之介だが、今回は立役として師匠の相手役を務める。

悲運の妻・お岩《いわ》を咲二郎が、非情な夫・伊右衛門《いえもん》を駿之介が担うこの舞台は、チケットが発売されると即完売になるほどの人気ぶりだ。連日たくさんの観客が押し寄せては、恐ろしくも悲哀に満ちた魅力的な舞台に心打たれていた。

一時は立役について悩んでいた駿之介だが、徐々に自分なりに答えを導き出し、今回咲二郎の相手役を務めさせてもらいながら、さらに先を見据えた方向性を見出したみたいだ。

そのおかげか、以前駿之介が演じる立役について一家言あった老齢の歌舞伎研究家も、灘屋の将来を担う者の今後が楽しみだとコメントを寄せている。

「これも、紗英がそばにいて、いろいろと助けてくれるおかげだ」

日々、少しでも駿之介の助けになれるよう努力を続けている紗英だ。彼がそう言ってくれるのが、何よりも嬉しい。

けれど、なんだか実感が湧かない。

駿之介にそう話すと、彼は笑って紗英を抱き寄せて額に唇を寄せた。

「紗英といると、僕の中の〝雄〟の部分が自然と活性化されるんだ。それは紗英だけにできる事だし、紗英と一緒にいる事自体が芸の肥やしになっている感じかな」

「私と一緒にいる事が、芸の肥やしに？」

「そうだよ。それに、紗英自身からも女性の可愛らしさや色っぽさを学んでいるしね」

「私から？　か、可愛いはまだしも、色っぽいって……」

さすがにそれはないだろうと言うと、駿之介が即座にそれを否定する。

「紗英はまだ自分の魅力を自覚していないんだな。もとから清潔な色気を醸し出していたけど、僕と結婚してからは格段に艶っぽくなったし、妊娠している今は女性としての官能的な部分が溢れ出ている感じだ」

「か、官能……って、どこらへんが？」

確かに、妊娠してからというもの、お腹とともに胸も大きくなってきている。

しかし、どう見ても官能的とは言いがたい見た目だ。

「どこらへんも何も、紗英の全身からだよ。頭のてっぺんからつま先まで、女性としての魅力に満ち溢れているだろう？」

「ちょっ……、駿ちゃん……」

以前の紗英は、駿之介に愛されている事に今ひとつ自信が持てなかった。しかし、彼の妻に対する愛情は日を追うごとにわかりやすくなっている。

この頃では、駿之介から向けられる愛情をひしひしと感じるようになっているし、その溺愛ぶりは時折度を越しているのではないかと思うくらいだ。

それはそれで大歓迎だし、心から愛する人と相思相愛になれているのは何ものにも代えがたい幸せでもある。

妊娠の経過もよく、少し前までは常に何かしら口にしていないと気持ちが悪くなっていたが、それも徐々に治まってきて今は比較的落ち着いた妊婦生活を送れている。

そうしているうちに、劇場で贔屓筋に挨拶をしている時にお腹の膨らみに目を留められ、マスコミに妊娠している事がバレてしまった。

松蔵駿之介に第一子が生まれるというニュースは、あっという間に広がり、それがワイドショーで取り上げられたのが、つい二日前の事だ。

以前は超がつくほどのマスコミ嫌いだった駿之介だが、今回の件に関しては千歳の助言もあり、多少厳戒態勢を解いている。

『おめでたい事だし、何もかも隠すばかりが、妻子を守る事に繋がるわけじゃないわよ。灘屋やあなた達夫婦の将来のためを思うなら、逆にマスコミを上手く利用すればいいのよ』

いつの日か、生まれた子が父親と同じ道を志す日が来るなら、その時は親として可能な限り立派な花道を用意してやりたいと思う。そう考えると、千歳の言っている事は理にかなっている。義祖母は、駿之介が紗英と我が子を守ろうとする気持ちを察した上で、進言してくれたのだ。

夫婦は千歳の言葉を踏まえ、よくよく話し合った。

そして、今後は下手に探られる前に適切な情報を提供して、上手くマスコミとの折り合いをつけていく事にしたのだった。

咲二郎との舞台も無事終了し、一月もあと二日を残すだけになった。

その日、紗英は駿之介とともに自宅でお客様が来るのを待っていた。

「そろそろお茶を用意しなきゃね。やっぱり和菓子じゃなくて、ケーキのほうがよかったかな？」

約束の時間は午後二時で、紗英は朝から「谷光堂」に行って数種類の菓子を買って帰って来た。

ひと口大のそれらは、二月の節分に向けて鈴奈がデザインを考えた練りきりや饅頭だ。皆ころりとして可愛らしく、赤鬼と青鬼のほかにお多福や動物の形をしているものもある。

「紗英、緊張しなくても大丈夫だよ。それに、姫花さんにはもう事情は話してあるって言っただろう？」

姫花を見かけてから二カ月ちょっと経つが、駿之介が三人の予定をすり合わせてくれた事により、今日ようやく顔を合わせられる事になった。

紗英がカフェや駿之介所有のマンションの前で姫花を見かけた事は、彼を通して彼女にはもう話してある。その際、駿之介は紗英が少なからず動揺している事を伝えたみたいだ。しかし、そうするまでもなく、姫花は自分の存在が紗英を苦しめたのではないかと憂慮してくれたらしい。

玄関のインターフォンが鳴り、駿之介が対応してエントランスのドアロックを解除する。それから間もなくしてやってきた姫花は、思っていたよりも華奢《きゃしゃ》で、どこか儚《はかな》げな雰囲気がある美人だった。

「いらっしゃいませ。ようこそ」

歓待する声が裏返り、紗英はあわてて自分の口を手で押さえた。それを見た姫花がにっこりと微笑み、並んで立っている二人に丁寧にお辞儀をする。

「お招きありがとうございます。お忙しいところ、お時間をいただいてすみません」

「と、とんでもない事でございます！　さあ、中にどうぞ――」

いつになく緊張しながら、紗英は姫花をダイニングテーブルに用意した席に案内した。

駿之介を横に二人が向かい合わせに座り、改めて自己紹介と挨拶を済ませる。

「よかったら、どうぞ。私の実家が作った新作和菓子です」

「ありがとうございます。わぁ、可愛い……これ、ウリボウですか？」

「そうです。子供にも喜んでもらえるようにって、うちの姉が考えて」

動物を模した練りきりは、形が丸くぬいぐるみのような愛らしさがある。中の餡は上品な甘さがあり、栗が丸ごと入っている。

「美味しいです。ウサギもライオンも、食べるのがもったいないくらいですね」

「よかったら、直哉君にもどうぞ。持ち帰ってもらえるように、同じものをお土産用に用意してあるので」

「わぁ、直哉が喜びます。あの子、甘いものが大好きなんですよ。それに今、動物の絵を描いたり粘土で作ったりするのにハマっていて」

平日である今日、直哉はいつもどおり保育園に行っているらしい。連れて来ようかとも思ったが、大人の話もする事だからと今回はやめておいたようだ。

ひとしきり雑談を交わし、ふと横を見ると駿之介が微笑んでいる。

「紗英さん、いろいろとご心配をかけたみたいで、申し訳ありませんでした。人目があるところで親しげに振る舞ったりして、もしマスコミの人にでも見つかっていたらと思うと……本当にごめんなさいね」

「私こそ、いろいろと気を回してしまって、すみませんでした」

互いに謝罪し合ったのちに、顔を見合わせて微笑み合う。新しくお茶を注ぎ足してくれた駿之介が、二人の顔を見て深々と頭を下げた。

「僕がもっと配慮すべきだったし、事前に紗英に言っておくべきだったんだ。誠に申し訳ありませんでした。二度とこのような事がないよう努めていきますので、どうかご容赦のほどを――」

真面目でありながら、まるでデフォルメされた歌舞伎の口上のような謝罪を受けて、紗英と姫花は同時に笑い出した。

「駿之介さんったら……。結婚して、かなり丸くなったわね。前はどこか尖っていて人を寄せ付けない感じがあったのに、こんなふうに人を笑わせる事ができるようになっちゃって」

さっきまでの儚げな雰囲気はどこへやら。

コロコロと笑う姫花は、頼りになる姉御といった感じだ。

「遅ればせながら、ご結婚おめでとうございます。お腹の子はもう五カ月になるんですってね」

「ありがとうございます。まだ性別はわからないんですけど、ようやく安定期に入りました」

「そう、楽しみね。私の母は天涯孤独の身で、血が繋がった親戚は駿之介さんだけなんです。もしよかったら、たまにでいいですから直哉ともどもこれからも仲良くしてやってくれませんか？」

「もちろんです。子供が生まれたら、ぜひ直哉君にも会ってもらいたいです」

それからしばらくしたのち、姫花は駿之介が呼んだタクシーに乗って帰っていった。ここへ来る時もこちらで用意したタクシーで来てもらったのだが、当然そのわけは松蔵の実家が近いのを配慮したからだ。

誰も姫花の存在を知らないし、紗英の友達として来てもらってもよかったのだが、デリケートな関係だけに、大っぴらな付き合いはできない。

今後どんな展開になるかわからないし、とりあえずこれまでどおり内密に交流を続けようと夫婦で話し合って決めていた。

「今日はありがとう。紗英もいろいろと複雑だっただろう？　気を遣わせて悪かったね」

ソファに腰かけて一息つくと、紗英は隣に座る駿之介の肩に頭をもたれさせた。

「私なら平気よ。だけど、確かに複雑な部分はある。でもそれは、駿ちゃんも一緒だよね」

初めて姫花の事を聞いた時も、かなり思い悩んだ。

正直に言えば、女として伊左衛門のした事は許せないし許されるべきではない。

しかし、姫花を思う伊左衛門の気持ちはわかるし、師匠でもあった祖父の頼みを受け入れた駿之介の心情も理解できる。

「姫花さんだって、そう。……ううん、今日会った三人の中で一番複雑で辛いのは姫花さんだよね。婚外子として生まれて、成人する前に母親も亡くして一人ぼっちになったんだもの。今は直哉君がいるけど、まだ小さいし働きながらの子育てって本当に大変だと思う」

ましてや、周りに頼るべき親族が誰もいないのだ。置屋の女将はとてもいい人のようだが、それでも女手ひとつで子供を育てていくのは並大抵の事ではないはずだ。

姫花がしてきたであろう苦労を思うと、胸が痛い。

しかし、敬愛する義祖母・千歳の事を考えると、また違った意味で心苦しくなる。

紗英は伊左衛門にも可愛がってもらっていたし、大好きだった。

けれど、よくしてもらったのは千歳も同様であり、結婚して姻戚関係になってからは歌舞伎役者の妻としての見習うべき一番の手本でもある。

姫花と親しくするのは、ある意味千歳への裏切りだ。しかし、そうかといってほかに誰一人頼る人がいない姫花と距離を置くのは心苦しすぎるし、駿之介一人にこんな心の重責を抱えさせるわけにはいかなかった。

一生をともにすると約束したからには、互いが背負った重荷は夫婦で背負っていくべきだ。

紗英はそう固く決心すると、自分の膝の上に乗せられた駿之介の手を強く握り締めるのだった。


「紗英、車が来たわよ」

「谷光堂」の店頭にいた姉の鈴奈が、店の横に新しくできた喫茶ルームにいた紗英のそばに来て肩に手を置く。

紗英は読んでいた本を閉じて、顔を上げた。今日は千歳からの預かり物を実家に届けに来ており、これから都内の舞台に立っている駿之介のもとに向かう。

「ありがとう、お姉ちゃん。あんまり居心地がいいから、つい本に読み耽っちゃった」

「でしょう？　常連さんにも喜んでもらえてるし、ここを作った甲斐があったわ」

「やっぱり『谷光堂』はお姉ちゃんに任せて正解だったね。誰もこんな場所を作ろうなんて考えもしなかったんだもの」

その場所は以前クリーニング店だったが、廃業して安く売りに出ていたのを買い取り、そこを改装してできた場所だ。

「私も、自分にこんなプロデュース能力があるとは知らなかったわ。来月は女性誌の和菓子特集に載せてもらえる事になったし、今後も老舗の味を守りながら新しい『谷光堂』を模索していくつもりよ」

「頼もしいなぁ。和佳奈ちゃんを育てながら、ここまで頑張れるなんてすごいよ」

「周りがみんな協力的だからね。紗英だって頑張ってるじゃないの。でも、あまり根を詰めないようにね」

鈴奈が紗英の持っている本を指して、にっこりする。

「まあ、好きでやってる事だから、いい息抜きにもなっているんだろうけど」

紗英はもともと歌舞伎ファンだったが、結婚してからはもっとその歴史や演目について深く考察したくなった。古くから続く松蔵家には価値ある文献が数多く保管されており、紗英は忙しい時間の合間を縫ってそれらを紐解いているのだ。

「いってらっしゃい。足元に気をつけてね」

「うん、ありがとう。じゃあ、行ってくるね」

紗英は姉に言われたとおり、足元に注意しながら歩き出した。こうもお腹がせり出していると、自分のつま先がまったく見えない。

新しい年度を迎え、紗英のお腹の子は八カ月目に入った。

先月から妊婦健診が二週間に一回になり、超音波で赤ちゃんの様子をじっくり見てもらっている。しかし、未だに性別はわからないままで、この際出産まで聞かないでおこうかと駿之介と話しているところだ。

(ふぅ……こうお腹が大きくちゃ、車に乗るだけでも一苦労だな)

運転席に座れなくなり、もうずいぶん前から車の運転はやめてタクシーで移動するようになった。劇場に行く時は着物で行く事も少なくないが、お腹が大きくなった今はゆったりとしたマタニティ用のワンピース姿だ。

(駿ちゃんの舞台をじっくり観るのって久しぶりだなぁ。すっごく楽しみ!)

日頃から駿之介に付き添って劇場に通い詰めている紗英だが、毎回客席で舞台を観られるわけではない。

いろいろと雑務をこなさねばならないし、妊娠してからは長時間じっとしているのが辛くなっており、つい先日は急にお腹が張って楽屋で横になっていた事もあった。

今回駿之介が出演する演目は近松門左衛門《ちかまつもんざえもん》の「曽根崎心中《そねざきしんじゅう》」だ。

ロミオとジュリエットを思わせる悲恋物語は、元禄《げんろく》十六年の大阪《おおさか》で実際に起こった心中事件をもとに作られた作品であり、駿之介は愛する男とともに死を選ぶ遊女お初《はつ》を演じる。

その想い人である醤油問屋で働く徳兵衛《とくべえ》を務めるのは、歌舞伎界にその人ありと言われている名役者だ。

劇場に到着し、細い通路を通って駿之介の楽屋に入った。彼はすでに源太の手を借りながら化粧を始めており、鏡越しに目が合って視線を交わす。

紗英が背後で正座して見守る中、駿之介が手鏡を片手に、おしろいを塗り終えた顔に頬紅を差し目張りを入れる。細く眉を引き、口紅を塗り終えた彼はもう男ではなく女方だ。

化粧を終え、それぞれに手を借りて衣装を身につけて鬘を被る。

薄紫の着物を着た駿之介は匂い立つほど美しい。その背中からは、舞台に立つ前のギリギリまで張り詰めた気迫がひしひしと感じられる。

紗英は彼の準備が終わるのを見届けてから、贔屓筋に挨拶をするためにロビーに向かった。それが済むと、合流した八重子とともに客席に座る。

およそ一時間半の舞台の中で、心底惚れ合った男女は仲を悉く邪魔され、人に裏切られて死を選ばざるを得なくなってしまう。

愛を貫き名誉を守るために、徳兵衛が手にする刃を前に目を閉じるお初は、涙なくしては見られなかった。

(駿ちゃん、すごい……！)

我が夫ながら、この頃の駿之介の成長ぶりには目を見張るものがあった。

素人の紗英でさえそう思うのだから、すでに役者仲間や贔屓筋の間でも評判になっている。

(私も、もっと精進しないと)

舞台を観終わると、その余韻に浸る暇もなく再び八重子とともに劇場の受付横に立って贔屓筋と歓談し、お見送りをする。

口々に駿之介のお初を絶賛され、紗英は帰り支度を終えたあと喜びで胸をいっぱいにして帰途についた。八重子に頼まれて実家で一仕事終えたあと、急ぎ足で自宅マンションに帰りつく。気がつけば、もう夜も遅い時間になっている。

鍵を開けて中に入るなり、紗英は一足先に帰宅していた駿之介を見て満面の笑みを浮かべた。

「駿ちゃん、改めて今日もお疲れ様でした。駿ちゃんのお初を皆さんに褒めていただいて、すごく嬉しかったし鼻が高かったよ」

「そうか？」

駿之介が少し照れたように微笑み、紗英の視線を交わしながら唇を合わせてくる。

「今日は楽屋の端で化粧をする僕をじっと見守ってくれていただろう？　紗英がいると、それだけでホッとするし、自然と気合いが入る。それに、いつもよりスッと役に入り込めるんだ」

駿之介とともに手洗いを済ませたあとキッチンに向かい、ノンカフェインのハーブティーを淹れる。ソファ前のテーブルまでそれを運んでもらい、並んで腰を下ろす。

「今日のお初、すごく素敵だった。当たり前だけど舞台にいる二人が本当の恋人同士に思えて、本気で徳兵衛に嫉妬しそうになっちゃった。それほど、駿ちゃんのお初はすごかったの」

紗英が興奮気味にそう話すと、駿之介が優しい笑い声を上げる。

「紗英は、本当に可愛いね」

顎を指でクイと持ち上げられ、唇に啄《ついば》むようなキスをされる。お腹が大きいから抱きしめてもらえない代わりに、キスのあとでバックハグをされた。

「嫉妬してくれて嬉しいよ。さあ、舞台を下りたら僕のすべては紗英のものだ。外で目一杯頑張ってくれている分、家に帰ったら僕が紗英の世話を焼いてあげるよ」

耳元で囁かれ、途端に耳朶が熱くなる。

「そんな……疲れてるのに、悪いわ」

「ぜんぜん悪くない。むしろ紗英の世話を焼いたほうが、疲れが取れると思う。さあ、何をしてほしい？　遠慮なく言ってごらん」

うしろから頬にキスをされ、紗英の唇がそれに寄り添う。頬を上気させる紗英を見て、駿之介が嬉しそうに目尻を下げる。

「そうか。紗英は僕とイチャイチャしたいんだね」

唇を合わせたままニンマリと微笑まれて、紗英はついそれを否定してしまう。

「ち、違うわよ」

「本当に？　嘘をついていないかどうか、お腹の子に聞いてみようか？」

駿之介が紗英のお腹に両手を置く。すると、タイミングよく左の脇腹がポコンと動いた。

「あ、やっぱり嘘をついたな？　ママは悪い子だなぁ。罰として、今夜は僕が気の済むまで世話を焼かせてもらうよ」

駿之介が紗英のお腹を擦りながら、こめかみに頬ずりをしてくる。

「え？　今のは嘘をついてないっていう意味で動いたんじゃないの？」

紗英が抗議するも、駿之介は聞く耳を持たない。

けれど、そんな罰ならむしろ大歓迎だ。

いったい、どんな罰を受けるのやら――。

紗英は密かに心躍らせて、彼の温もりを感じながら微笑みを浮かべた。


五月に行われた名古屋での公演の時には、お腹の子も九カ月になっていた。

去年の妊娠がわかったばかりの時同様、今回も紗英は駿之介に同行せずに家の留守を預かっていた。

そして、いよいよ臨月になった六月、予定日より一週間早く陣痛が起こり、紗英はかねてより通っていた産院で元気な男の子を出産した。

生まれた時の体重は三千五百グラム弱で、産声は人一倍大きく、さすが歌舞伎役者の子だと言われるほどだった。

当日は都内で行われていた舞台の最終日で、駿之介は終演後に駆けつけて、紗英を労い、無事の出産を心から喜んでくれた。

双方の家族も皆一様に喜んで「お疲れ様でした」と言ってくれた。

誰もがお腹の子の性別は気にしないと言っていたが、生まれたのが男の子だとわかり、密かにホッとした事だろう。

子供の将来は本人が決めるものだ。そうであっても、灘屋の跡継ぎとなり得る男子を産んだ紗英自身も、歌舞伎役者の妻としての役目をひとつ果たせてホッと安堵したのも事実だ。

生まれた子の名前は、夫婦でじっくりと考えた末に「一臣《かずおみ》」と名付けた。

産後は一日目から母子同室で、母親としての初めての仕事として授乳をする。

お互いにおぼつかない者同士だったけれど、まだ目が開いていないのにちゃんと乳首に吸い付いてくれた時には感動して涙を堪えるのが大変だった。

出産して六日目に退院して自宅に戻り、いよいよ親子三人での生活がスタートした。授乳におむつ替え、沐浴《もくよく》に寝かしつけなど、やる事は山積みで歌舞伎役者の妻業よりもあわただしい。

夜中でも授乳する必要があるため、紗英は駿之介が起きてしまわないように、当初夫婦の寝室を別にしたほうがいいのではないかと提案した。けれど、彼は同室にこだわり、結局ベビーベッドは夫婦の間に置く事になった。

よほど疲れている時は容易には目を覚まさないが、一臣が寝ぐずりをした時など、駿之介は進んで抱っこをして寝かしつけてくれている。

産前のマッサージが効いたのか、お乳はたくさん出た。一臣もいっぱい飲んでくれているし、今のところ二倍近く大きくなった乳房が乳腺炎を起こす心配はなさそうだ。

帰宅して十日経つと、ようやく夫婦ともども育児の流れがひととおり掴めてきた。

久しぶりに親子で過ごす日曜日の午後、紗英は授乳を終えて、駿之介とともに眠った一臣を見ながら自宅リビングでゆっくりとした時間を過ごしている。

「私も駿ちゃんの早着替え、観たかったな」

駿之介が紗英の出産直前まで務めていた舞台は「お染《そめ》の七役《ななやく》」という油屋の娘お染と丁稚《でっち》久松《ひさまつ》の悲恋と御家騒動をないまぜにした話だ。

彼が演じるのは、主人公のお染を含む七人。見どころは、それぞれ性格や年齢の違った多彩な役柄を、たった一人で演じる駿之介が早替わりをする場面だ。

その中には芸者や奥女中、後家などのほかに丁稚という立役もある。

「人気の演目だし、また観る機会はあると思うよ」

「そうね。それはそうと、駿ちゃん、この頃はすごく楽しそうに舞台に立ってるね」

「そう見えるか？」

「うん、とっても。なんだかいろいろと吹っ切れてワンランク上に行ったたって感じ」

「そう言ってくれて嬉しいよ。これも師匠や先輩役者の教えのおかげだな。それと、紗英がそばにいて僕を支え、導いてくれているからこそだ」

「導く？　私は、そんな大それた事してないわよ」

紗英は、日頃から妻として夫である駿之介をあらゆる面で支えられるよう努力している。しかし、実際はおぼつかない事も多く、未だ力不足を痛感する毎日だ。

そんな自分が、歌舞伎界の御曹司を導くなんて大層な事ができるはずがない。

紗英が少なからず戸惑っていると、駿之介が微笑みながら唇にキスをしてくる。

「前に僕が女方と立役について悩んでいた事があったよな。あの時、紗英は『駿ちゃんなら、ぜったいに乗り越えられる。ぜったいの、ぜったいに大丈夫！　私が妻として保証します』って言ってくれただろう？」

「言ったね。確かにそう言ったの、覚えてる」

紗英が頷くと、身体が揺れて抱っこしている一臣がわずかに身じろぎをした。

目を閉じたままクチュクチュと口を動かしているところを見ると、どうやらお乳を飲んでいる夢でも見ているのだろう。

「あれにはかなり勇気づけられたよ。紗英が保証してくれるなら、ぜったいに大丈夫なんだろうって。そうやって考えられるようになってから、自然と片肘を張らずに役に取り組めるようになったんだ」

目を見つめてくる駿之介の顔には、深い慈しみの表情が浮かんでいる。自分の言葉が駿之介の役に立っているのなら、妻としてこれ以上嬉しい事はない。

紗英はこれまで彼とともに歩んできた日々を思いながら、しみじみと今の幸せを噛みしめた。

「そう言ってくれて、ありがとう。私、駿ちゃんならやれるって信じてた」

「僕も、紗英の言葉を信じていたよ」

どちらともなく唇を寄せ合い、長いキスをする。

ふと下を見ると、一臣がぱっちりと目を開けて紗英達を見つめていた。

「一臣、起きてたの？」

紗英が驚くと、一臣がタイミングよく口元を綻ばせた。

まだ生まれて間もないから生理的な現象で笑っているのだろうが、そうとわかっていても嬉しくてたまらなくなる。

「パパとママが仲良くしていたのを、見てくれていたんだな。いい子だな、一臣」

駿之介は一臣が生まれるなり我が子にデレデレで、授乳以外の育児はすべて率先してやってくれる。おむつ替えも厭わないし、沐浴に至っては紗英よりも上手だ。

一臣が、小さな口を開けて欠伸をする。すると、間もなくしておむつ替えをするタイミングである事を知らせる匂いが漂ってきた。

駿之介がすぐに傍らに置いてあったおむつセットが入ったケースを引き寄せ、ソファ前のラグの上に専用のマットレスを敷いた。

「うわぁ、たくさん出たな。……おっと、背中まで汚れているぞ」

「あっ、ほんとだ！　おむつの締め方が緩すぎたのかも――」

まだ慣れていないせいか、こうした失敗が多々ある。けれど、いつも駿之介が寄り添ってくれているおかげで、育児をする上の不安はずいぶんと軽減されているように思う。

そうでなくても、産後間もなくして実家から母親が助けに来てくれたし、義母や義祖母も忙しい時間の合間を縫って一臣の面倒を何くれとなく見てくれている。

皆、必要以上に出しゃばらず、夫婦主体の育児をさせてくれており、常時クタクタで寝不足になりがちだけれど、比較的心穏やかに育児に専念できている。

「そういえば、今日姫花さんからお祝いの品を送らせてもらったって連絡があったの。来週会った時に、駿ちゃんからもお礼を言っておいてね」

「わかったよ」

「落ち着いたら、一度姫花さんと直哉君に一臣の顔を見てもらいたいな」

「そうだな。それも伝えておくよ」

姫花と顔を合わせてから、もう五カ月近く経つが、夫婦はあれから彼女とは一度も会っていない。来週駿之介が彼女に会うのは、彼が所有しているマンションを譲渡する手続きをするためだ。

「直哉君の事は、ほんの少ししか見てないけど、すごく整った顔立ちをしてたのを覚えてる。私も直哉君に会いたいな。同じ男の子同士だし、一臣とも仲良くしてくれるんじゃないかな」

そう頻繁に連絡を取り合っているわけではないが、紗英はいつも頭のどこかで姫花達の事を気にかけていた。それは、同じ子供を持つ母親としての立場からであり、駿之介とともに鳥居母子の行く末を見守ろうと決めたからだ。

「血筋なのか、直哉君は歌舞伎に興味があるみたいなんだ。ちょうど四歳になるくらいの時に姫花さんと一緒に祖父の舞台映像を見て以来、何度もそれを見たがって、今ではちょっとした動作や台詞を真似たりするようになっているらしいよ」

「そうなの？　やっぱり血は争えないわね」

もし直哉が本気で歌舞伎役者になろうとするのなら、どうにか手助けをしてあげたい。そんな事を思いながら、紗英は一臣の顔を眺めて小さくため息をつく。

直哉は伊左衛門の血を引いているのだから、できれば灘屋一門に入るのが望ましい。

しかし、それは諸事情をすべてなしにしての考えであり、さすがに無理がある。

そうだとしても、なんとか自分達が後ろ盾になれないものだろうか……。

「紗英、何を考えているんだ？」

「うん……直哉君の将来について、ちょっと」

紗英はたった今、自分が考えていた事を駿之介に話した。彼の手が、妻の髪の毛をそっと撫でる。

「そこまで考えてくれたのか。紗英は本当に優しいな。僕としても直哉君が本当にそう願うなら、どうにかして応援してやりたいと思っている。しかし、そうなると徹底的に出生を隠さなきゃならないだろうな」

駿之介が、難しい顔をする。紗英も同じように憂い顔をして、また少し考え込む。

「おばあ様が姫花さんの存在を知らない以上、そうせざるを得ないわよね……」

「もし仮に事実が明らかになれば、家族や一門を巻き込む大騒動になる。姫花さんも巻き込まれずにはいられないだろうし、何より直哉君が渦中の人としてマスコミの餌食になってしまいかねない。それだけは避けなければ――」

直哉はまだ五歳だし、今後ほかに興味を移してしまうかもしれない。

そんな話をしていると、玄関のチャイムが鳴り来客を知らせた。インターフォンで応答すると、やってきたのは千歳だ。

今まさに伊左衛門の隠された遺児とその子について話をしていたせいもあり、夫婦は少なからず狼狽《うろた》えながら席を立った。

「急に来てごめんなさいね。美味しいサクランボをいただいたから、おすそ分けをしようと思って……。なぁんて、本当は一臣ちゃんの顔が見たくて来ちゃったの」

出迎えた紗英に、千歳がサクランボ入りの風呂敷を手渡してくれた。ふっくらとして艶やかな赤い実は、見るからに美味しそうだ。

「わぁ、ありがとうございます」

紗英は礼を言ってキッチンに向かい、一臣を抱いている駿之介が千歳をリビングに案内する。

「すぐに帰るわね。今日は、これからお弟子さん達に稽古をつけなきゃならないから」

千歳は日本舞踊の師範であり、紗英も習うつもりでいたのだが、結婚後は何かと忙しく、まだ実現に至っていない。

「じゃあ、その前にお茶でも一服いかがですか？」

「ありがとう。いただくわ」

実家が和菓子屋という事もあり、紗英は中学生の頃から姉と一緒に茶道教室に通っていた。今も自宅で駿之介に乞われてお茶を点てる事もあるし、一臣が寝ている間に一人でサッと用意して一息つく時もある。

紗英が三人分のお茶と和菓子をソファ前のテーブルに運ぼうとしていると、再びチャイムが鳴り、手が空いていた千歳が対応してくれた。

来たのは宅配業者だったようで、駿之介が代わりに受け取ってくれるよう頼む声が聞こえてきた。

姫花がトレイを持ってキッチンを出るのと同時に、千歳が百貨店の包み紙で梱包された箱を持って玄関から戻ってきた。

「品名欄に『ベビー用品』って書いてあるわ。送り主は鳥居姫花さんって方よ」

姫花の名前を聞いて、紗英はあやうくトレイを落としそうになった。咄嗟に駿之介を見ると、彼もまた表情を強張らせている。

しかし、千歳は姫花の存在すら知らないのだから、変に隠し立てをしたり挙動不審になったりするほうが不自然だ。幸い千歳は二人の様子に気がついていない様子で、箱を持ったままニコニコ顔で駿之介の腕の中の一臣をあやしている。

「お待たせしました。『谷光堂』の新作和菓子と一緒にどうぞ」

紗英は極力明るい声を出し、お茶と一緒に紫陽花《あじさい》を模った練りきりをテーブルの上に置いた。

「ありがとう。いつ見ても『谷光堂』の和菓子は目にも美味しいわね」

紗英は千歳から箱を受け取ると、それをテーブルの端に置いて彼女の隣に腰を下ろした。その前のスツールに駿之介が座り、千歳がお茶を飲み練りきりを食べるのを見守る。

紗英はそれとなく隣を気にしながら、ウトウトし始めている一臣の背中をトントンと叩く。すぐに目を閉じた一臣の顔を、千歳が微笑みながら見つめている。

このまま何事もなく終わる——。

そう思った時、千歳が姫花から届いた箱に視線を向けた。

「鳥居姫花さん……綺麗な名前ね」

「は、はいっ……私の友達で、五歳の男の子の母親なんですよ」

自然と口をついて出た言葉だったが、駿之介を見ると、口に入れた和菓子を丸飲みしたような表情を浮かべている。友達だと嘘をついたのは仕方がないにしても、わざわざ子供の事まで話す必要などなかったのに——。

「そうなのね。駿之介は会った事があるの？」

「ええ、僕も紗英と一緒に何度か……」

駿之介が答えると、千歳は彼の顔をじっと見つめたあと、紗英に視線を移した。

そして、何事か考え込むような顔をしたあと、にっこりと微笑みを浮かべた。

「ふふっ、あなた達って本当にいい夫婦ね。……でも、もう隠さなくてもいいのよ。私、鳥居姫花さんについては、もうずっと前から知っていましたから」

「ええっ⁉」

夫婦が同時に声を上げると、千歳が一臣を見ながら「しーっ」と言って唇の前に人差し指を立てた。幸い、一臣は目を開ける気配はない。ホッとしたのも束の間、リビングにピリリとした緊張が走る。

千歳が姫花をずっと前から知っているとは、いったいどういう事だろうか？

紗英は心底困り果てて、駿之介と千歳を交互に見た。

「おばあさん……」

駿之介が先に口を開き、千歳に問いかけるような視線を送った。

千歳が立てた指を下げて、のし紙に添える。

「鳥居姫花さん、この方は伊左衛門の子供でしょう？　でも、五歳の男の子がいる事までは知らなかったわ。母子ともに、お元気でいらっしゃるのかしら？」

まさか、千歳が姫花の存在を知っていたなんて……！

紗英は驚きすぎて声も出せないまま、こっくりと頷いて唇をギュッと結んだ。

うっかり、千歳が知らなかった事実まで話してしまった。

こんな時、何と言えばいいのだろう？

それがわからないまま黙っていると、千歳が夫婦の顔を見比べて、軽やかな笑い声を上げる。

「二人とも、そんなに困った顔をしないで。ごめんなさいね、知っていたのにずっと黙っていて。特に駿之介、あなたにはいろいろと面倒をかけているわよね」

駿之介が絶句していると、千歳が自分の知っている事をすべて話してくれた。

結婚当初から伊左衛門が漁色家だと知っていた彼女は、夫には日本中のあちこちに懇意にしている女性がいる事実も把握していたらしい。

当然姫花の母親の存在も知っており、伊左衛門の子を孕んで姿をくらました事も承知していたという。

「そういうのって、個人的な情報網を駆使すればたいていの事はわかってしまうし、中には何も知らないでいる私を気の毒に思ってこっそり教えてくれる人もいたのよ。それにしても、あの人ったら、一人の人にそこまでのめり込んだ挙げ句に子まで生すなんてねぇ」

口調は、いつもと変わらない。けれど、浮かんでいる表情は若干曇っており、心は決して笑ってなどいないのがわかる。

「伊左衛門が、その人をずっと探していたのも知っていたわ。もっと上手くやれば亡くなる前に見つかったものを……。私に遠慮して大っぴらに探せなかったのね」

その後、姫花が見つかった時も、すぐに千歳の耳にその情報が漏れ聞こえてきた。

だが、伊左衛門は最後まで外で産ませた娘の存在を隠し通した。

「だから、私も知らん顔をしていたんですよ。生前、伊左衛門が駿之介にそれについて頼み事をしていたのも知っていたわ。だって、あの人ったら本当に隠すのが下手というかお間抜けさんというか、変なところで几帳面だから――」

千歳によると、伊左衛門は姫花の生活面を援助するために、普段使うものとは別の口座を作っていたようだ。そして、通帳は上手く隠していたようだが、いつどのくらいの金額を振り込んだなどを書いたノートを自室の箪笥《たんす》の奥に保管していたらしい。

「そんなノートがあったとは知りませんでした」

「でしょうね。まだ伊左衛門が亡くなる前に、私が見つけて隠しちゃったんだもの」

千歳がペロリと舌を出して、ひょいと肩をすくめた。

「伊左衛門ったら、必死になって探していたわ。でも、見つかるわけがないわよね。それで、もしかしたら私が持っているんじゃないかって疑い始めて……。でも、確証はないし、私の態度はぜんぜん変わらないしで、しばらく家にいる時は心ここにあらずって感じだったわ」

その後、千歳は頃合いを見てノートを伊左衛門が書き物をする時に使う文机の引き出しに入れた。それを見つけた伊左衛門は心底ホッとした様子で、すぐにノートを処分して、以後は記録を書き残すのはやめてしまったようだ。

「そうでしたか」

駿之介が言葉少なに、これまで千歳に隠れて姫花の生活を手助けしていた事を詫びた。紗英も同じように、千歳に対して不義理をしてしまったと心から謝罪する。

「いいのよ。ぜんぶわかっているから。伊左衛門に頼まれたら、そうせざるを得ないものね」

千歳の情報網の広さと、忍耐力の強さには驚くばかりだ。

すべてを知った上で伊左衛門を支え続けた千歳の胸の内は、いったいどんな様子だっただろうか。

夫婦にはいろいろな形があり、それぞれの心は他人が知る由もない。

今時の考え方であれば、即離婚してもいいような話だ。けれど、千歳の生き方は彼女自身が決めるものだし、ましてや梨園の妻の鑑と言われるほどの人だ。

「紗英ちゃん、駿之介の厄介を一緒に抱えてくれてありがとうね。どうしてそうなったのかはわからないけれど、きっと紗英ちゃんにも迷惑をかけた事と思うわ」

「いえ、ぜんぜんそんな事はないです」

ただでさえ気にしてくれているのに、わざわざ経緯を話して千歳の心に負担をかけるのは本意ではない。

紗英はチラリと駿之介と視線を交わして、余計な事は言わずに済ませようと心に決める。

「伊左衛門は世間の人も知っているとおりの人でしたからね。若い時はずいぶん泣かされたし、何度も別れたいと思ったわ。でもそうできなかった。なんだかんだ言って伊左衛門に惚れていたし、歌舞伎役者としての彼を心から尊敬していたのよ」

懐かしそうな顔でそう話す千歳が、ふと頬を綻ばせる。そして、微笑みながら長いため息をついた。

「それでも、あんまり腹が立った時は仕返しとして浮気のひとつでもって思った事もあったわ。世間からは梨園の妻の鑑だと言われていたけれど、心の中はどろどろだったってわけ。それでも我慢し続けたのは、女としてのプライドを守りたかったからよ」

遠い目をしていた千歳が、話し終えて静かに立ち上がった。

「すぐに帰ると言っておきながら、長居してしまったわ。お茶とお菓子をありがとう。また寄せてもらうわね」

「はい、いつでもお待ちしてます」

千歳を玄関先で見送り、ドアが閉まるなり夫婦そろってガックリと脱力する。

「びっくりした……。まさか、おばあ様がぜんぶご存じだったなんて……」

「まったく気づかなかったよ。今だって信じられないくらいだ」

紗英ですらそう思うのだから、駿之介の驚きは相当だったはずだ。彼はしばらくの間考え込んでいたが、ふと合点がいったように顔を上げる。

「もしかすると、源太が……」

紗英が駿之介を見ると、それまで彼の眉間に刻まれていた深い皺がすっきりと消えている。

「源太さんが、どうかしたの？」

紗英が問うと、駿之介はゆっくりと言葉を選びながら話し始める。

「源太は昔祖父の部屋子だったし、後年は付き人として常に一緒に行動をともにしていた。祖父は源太には心を許していたし、あれだけの事を祖母が知り得るとしたら情報源は源太しかいないと思う」

「でも、源太さんがおじい様を裏切ったりするかしら？」

紗英の疑問に、駿之介も頷いて同意する。

「確かに源太の祖父に対する忠誠心を思うと、甚だ疑問だ。だけど、源太は祖母の事も慕っていたからね。いずれにせよ、今となっては真相は藪の中だ」

人と人との関係は傍から見てもわからないし、どんなに近くにいてもひた隠しにする胸の内は本人だけが知るところだ。

紗英は駿之介と話し合い、これについてはもう余計な詮索はしないと決めた。

いろいろな事が起こるけれど、願うのはただ皆がそれぞれに健やかで幸せな時を過ごす事だけだ。


月が替わり、一臣もようやく生後一カ月と少し経った。この頃では、動くものを目で追うようになっているし、あやすと笑うようになっている。

「一臣、ママが見えてるの？　あばばばば～」

紗英が抱っこしている一臣をあやすと、出かける準備をしている駿之介が代わりに笑い声を上げる。

「まだ一カ月ちょっとだから、はっきりとは見えていないだろうな。でも、紗英が喜んでいるのを感じ取って反応しているんじゃないかな」

「そっか。ママが嬉しいのがわかるのね。賢いね、一臣～」

紗英がお腹をそっとくすぐると、一臣が頬を緩ませてにっこりする。その表情がたまらなく可愛らしくて、夫婦はそろって我が子の顔に見入った。

「そろそろ行かないと。お義母さんが待ってるわよ」

駿之介は今日、八重子とともに知人の家を訪問する予定になっている。

「そうだな。じゃあ、行ってきます」

紗英は一臣とともに玄関先で駿之介を見送り、もといたリビングに戻った。

「さあ、今日は何をして遊ぼうかな？　まだお腹は空いてないだろうから、メリーで遊んでみる？」

一臣をリビング用のベビーベッドに寝かせると、その上に設置した色鮮やかなメリーのスイッチをオンにした。音楽が鳴り始め、動物のキャラクターがゆっくりと回転する。

しばらくの間目をぱっちりと開けてそれを見ていた一臣だが、ふいにふにゃふにゃとぐずり出してぴょこぴょこと足を蹴り出し始めた。

「あらら」

紗英はあわてて一臣を抱き上げ、背中をトントンと叩きながらリビングの中を歩き回った。ひと月経ったとはいえ、まだ慣れない事だらけだし、上手く育児ができているか不安だ。けれど、先日行った一カ月健診では特に問題はなく、元気に育っていると太鼓判を押された。それだけでずいぶん気持ちが楽になったし、健康でいてくれる事を心からありがたく思ったものだ。

「あ、お姉ちゃんだ」

テーブルの上に置いていたスマートフォンが鳴り、鈴奈からの着信を知らせた。

紗英は一臣を抱っこしたまま、ハンズフリーで応答する。

『もしもし、紗英？　週刊誌、見たわよ～。写真、いい感じに撮れてたね』

鈴奈が言っているのは、一臣が生後一カ月になった時に行ったお宮参りの写真だ。

その日、夫婦は双方の両親とともに両家ゆかりの産土神社《うぶすなじんじゃ》を訪れていた。ご祈禱を受けて外に出ると、たくさんの報道陣が集まってきており、たちまちマイクとカメラに取り囲まれてしまったのだ。

むろん、それも事前に駿之介からマスコミに情報提供していたからであり、駿之介が単独で応じたインタビューも終始和やかな雰囲気で行われていた。

「そう？　もうガチガチに緊張しちゃって、どのカメラを見たらいいかわからなかったくらい」

今までは駿之介の意向もあって二人の結婚や出産については書面での報告のみにしていた。紗英自身についても詳細は明かさないままだった。

けれど、今回は義両親も一緒であり世間も松蔵家の跡継ぎである一臣のお宮参りに関心を寄せている。そこで、話し合いの結果、これを機に将来的に灘屋の女将となる紗英を正式にマスコミに紹介する事になったのだ。

『ヘアスタイルもいい感じだね。短いと手入れとか、楽でしょ』

「うん、すごく楽。もっと早く切ればよかったって思ったくらい」

昔から常に肩まで伸ばしていた髪の毛だったが、先日思い切って前髪ありのショートボブにしてみた。すると、思いのほか手入れが楽で和装の時もわざわざ美容院に行かなくても済むようになっている。

『表情もいいじゃないの。〝穏やかに微笑む妻・紗英さん〟って書いてあるわね。巻頭カラーで載るなんて、さすが松蔵家だわ。これ、額に入れて店に飾らせてもらうね』

「え？　ちょっ……そ、それはどうかと思うな」

鈴奈が見ている女性用週刊誌は、紗英もすでに買っており今もテーブルの上に広げたままになっている。駿之介に言えば快く承諾してくれるに違いないが、これを店に常設するのはどうだろう。

『いいじゃないの。どうせうちに来る常連さんは、みんな紗英と駿ちゃんの事を知ってるんだし。って事で、またね～』

結局鈴奈に押し切られて、店頭に雑誌の切り抜きを飾られる事になってしまった。写真は一臣を抱っこする義母が中心になっており、紗英は駿之介とともにその左隣に立っている。

客観的に見て、姉が言うとおりまあまあいい感じに撮れていると思う。

けれど、こうして改めて義両親とともに夫婦並んだ写真を見ると、自分一人だけ浮いているような気がしてならなかった。

（松蔵を名乗るようになってから、まだ一年ちょっとだもの）

そう自分に言い聞かせてはみるものの、今のままで年を重ねていけばいいというわけではないだろう。

駿之介の妻として、もっと彼の役に立ちたい。そうかといって、具体的に何をしたらいいのかわかっているわけでもなかった。

「一臣、ママは何をしたらいいと思う？」

一臣をあやしながら、再びリビングの中を練り歩く。そうしているうちに、一臣がお乳をほしがってぐずり出した。すぐにいつも授乳時に使っているクッションを用意して、ソファの前のラグの上に腰を下ろす。

「お待たせ、はいどうぞ～」

声をかけると同時に、一臣は、小さな拳を握り締めながら一心にお乳を飲み始めた。そんな我が子の姿を見ていると、それだけで幸せな気分になる。

「可愛いなぁ。赤ちゃんって、本当に天使だよね。目に入れても痛くないっていうのは、まさにこの事を言うんだろうな」

この世に生まれ出てまだ少ししか経っていないけれど、着実に大きくなっているし、お乳の飲み方もかなり上手になっている。

毎日が新しくて、毎日が楽しい。

もちろん、〇歳児の世話はいつだって待ったなしで、一息ついている時間でさえ常に子供の事が気にかかってゆっくりできなかったりする。それでも愛おしいし、できる事なら今の成長記録をすべてどこかに残しておきたいくらいだ。

(育児日記でもつけようかな？　でも、それだとそっちに時間を取られちゃいそうだし……あ、そうだ！)

ふと、いい事を思いついて一臣を抱っこしながらそれについて考えを巡らせる。

そのうち一臣がウトウトとし始めたのを見て授乳を止め、縦抱きにしてトントンと背中を叩いてげっぷをさせた。

もうその頃には目を閉じていた一臣が、紗英の腕の中ですやすやと寝息を立て始める。その顔を眺めながらそっとお昼寝用のマットに一臣を寝かしつけようとした。

「ふぇ……」

けれど、下ろした途端目をぱっちりと開けられて盛大に泣かれてしまう。あわてて抱き上げてあやしながらソファに座ったり部屋をうろうろしたりする。

ようやくマットの上で寝てくれた時には、一時間以上経っていた。さっき替えたおむつは床に転がっているし、やるべき雑用は山ほどある。けれど、ここのところ寝不足気味だからか、急に眠気が襲ってきた。

紗英は一臣の隣でごろりと横になり、我が子の横顔を眺めて十分だけ休憩をしようと目蓋を下ろした。けれど、いつの間にか本格的に寝てしまっていたようで、気がつけば辺りが薄暗くなっている。

咄嗟に起き上がってマットを見ると、一臣がいない。

「えっ⁉　一臣っ……」

紗英が血相を変えて周りを見まわすと、駿之介が一臣を抱っこしてソファに腰かけているのが見えた。

「一臣はここだよ」

駿之介が小声でそう言って微笑み、紗英はホッとしてにっこりする。

「ついさっき帰って来て二人の寝顔を眺めていたら、一臣が起きそうになったから抱っこしていたんだ」

「そうだったのね。一臣の寝かしつけをして、私まで一緒に寝ちゃってた」

「夜中に授乳とかしていて寝不足気味なんだから、一緒に寝られる時はそうしたほうがいいよ」

駿之介に手招きをされて、紗英は立ち上がって彼の隣に腰を下ろした。改めて部屋を見まわしてみると、置きっぱなしだったはずのおもちゃや使用済みのおむつはもとより、全体がすっきりと片付いている。

「散らかってたの、片付けてくれたのね。ありがとう」

「どういたしまして。料理はまだ不得手だけど、掃除ならお手のものだからね」

几帳面な彼は、掃除に関しては紗英よりも得意だった。一臣が生まれてからは部屋が散らかる事も多くなり、二人きりでいる時は片付けまでは手が回りきらない状態が続いている。

「僕がどうしても家を空けがちになってしまうから、いる時ぐらいやらないとな」

今月も初旬から博多《はかた》で公演があり、駿之介は不在だった。けれど、その間は千歳や八重子が来てくれたり、実家の母親が泊まりがけで子育ての手助けをしてくれたりしていた。

「駿ちゃんだって、公演先で大変だったんじゃないの？」

「僕のほうは大丈夫だ。源太が一緒に来てくれていたし、何も大変な事はなかったよ」

駿之介がソファからゆっくりと立ち上がり、一臣を近くにあるベビーベッドに寝かせつける。起きるのではないかとハラハラしたが、一臣は唇をクチュクチュと動かしただけで目を覚まさなかった。

「源太さん、結婚前はいつもそうしてくれてたんだもんね。本当に頼りになるなぁ。出発前に源太さんと立ち話した時『坊ちゃんは私がしっかり監視しておきますから、ご心配なく』って言ってくれて」

「監視？　なんだかまるで僕が浮気でもするかのような言い方だな。まさか、紗英まで僕がそういう事をすると心配していたのか？」

駿之介が、わざと顔をしかめて紗英を見つめてくる。

「ううん、してないわよ。……でも、駿ちゃんには若い女性のファンも多いし、こっちがその気でなくても向こうからアプローチをかけてきたりする事もあるんじゃないかとは思ったりして……」

別に本気で駿之介の浮気を疑っているわけではない。けれど、彼に関心を持つ女性がいるのは事実だ。

「一応聞くんだけど、そういうお誘いとかあったりする？　あからさまじゃなくても、二人きりで食事をしたいとか言ってきたり、個人的な連絡先を渡されたりとかあるんじゃない？」

紗英は冗談交じりに、駿之介にそう訊ねた。すると、彼はしかめっ面をやめて口元に笑みを浮かべた。

「あるよ」

「えっ！　あるの？」

自分で聞いておいて驚くのも変だが、今まで聞いた事がなかっただけについ大きな声を出してしまった。

案の定一臣がビクリと足を蹴り出して、今にも泣き出しそうになっている。

「わわっ、驚かせてごめんね、一臣。ママが悪かったね。大丈夫だよ、よしよし」

紗英は小さな声で一臣をあやしながら、身体をトントンと叩いた。しばらくの間ふにゃふにゃ言っていた一臣だが、目を開ける事なくまた寝息を立て始める。

紗英は静かに安堵のため息をついて、ベビーベッドの反対側にいる駿之介を見た。

彼に促されてソファに並んで腰かけるも、間が開いてしまったせいで聞きたかった質問が喉の奥に引っかかったまま出てこない。

そんな様子に気づいたのか、駿之介が紗英の肩を抱き寄せて額の生え際に唇を寄せる。

「それで？　何か聞きたい事があれば言ってごらん」

チラリと上を見上げると、駿之介がゆったりと微笑んで目蓋の上にキスをしてきた。やけに余裕があるそぶりが少々癪に障るが、ここで聞かなければあとあと後悔するのは目に見えている。

「さっきの『あるよ』って、具体的にいつどんな形で？　駿ちゃんはそれに対してどんな応対をしたの？　とりあえず話を聞かせてもらっていいかな。質問があればあとですするから」

「わかった」

駿之介が身体ごと紗英のほうに向き直り、まっすぐに目を見つめてきた。いつになく真面目な表情を浮かべられ、図らずも心がときめいてしまう。

「最近だと、この間の名古屋公演で一度ゆっくり食事でもって誘われたよ」

話を聞くと、そう言って来たのはちょうど仕事で同じ地に居合わせた六十代の女性歌手だった。

その人は以前都内の公演に足を運んでくれた事もある人で、紗英も一度挨拶をさせてもらっている。六十代とはいえ、まだ十分に綺麗だし女性としての魅力を感じさせる人だ。紗英が微妙な顔をしていると、駿之介がまた口を開く。

「その前は、先月の公演中に電話番号を書いたメモを渡された」

それを渡してきたのは贔屓筋の男性であるらしく、件の番号は若い知人女性の個人的な連絡先だったようだ。

そのほかにも、行きつけの料亭で食べた膳の下に手紙が挟まれていたり、劇場をあとにする時にいつの間にか持っていた紙袋の中にメッセージ付きの写真が入れられていたりした事もあったようだ。

「何それ……」

写真だけだったからまだよかったけれど、こっそりおかしなものを入れられていたらと思うと怖くなる。

「個人情報が書かれていたから身元がバレてもいいと思っているんだろうけど、さすがにあれはね」

駿之介が顔をしかめ、小さくため息をつく。人気商売だから仕方のない部分があるかもしれないが、度を越した行為は迷惑でしかない。過去に歌舞伎役者にストーカー行為をして逮捕された女性もおり、ファンといっても全員が良心的であるとは言えないのが現状だ。

「大丈夫なの？　怖い目にあったりしていない？」

歌舞伎役者として多くの人達に名前や顔を知られているのは、喜ばしい事だ。

しかし、人は誰しも万人に好かれるのは難しく、いつ何時理由のない悪意を向けられないとも限らない。一度そう考えたら不安が雪だるま式に大きくなっていく。

紗英は、いつしか浮気よりも駿之介自身の身の安全を心配して身を乗り出した。

「大丈夫だよ。僕もそれなりに鍛えているからね」

駿之介は稽古場の開いている部屋にトレーニング用のマシーンを運び入れ、私設ジムを作って日頃からそこで身体を鍛えている。

「それに、ああ見えて源太は柔道三段だからね」

「そうなの？」

駿之介が言うには、源太は伊左衛門の付き人をするようになってから、防犯のために柔道を習い始めたらしい。すると、腕が上がるにつれて面白くなり、ついには黒帯を締めるほどの実力を身につけたようだ。

「源太さんって、本当に頼もしいね」

「そうだな。長年付き人をやっている勘でいろいろとわかるようで、ちょっと過激な女性ファンが僕に言い寄ろうとしているのを未然に防いでくれた事もある」

「そうだったのね。知らなかった……」

紗英が身震いをすると、駿之介が身体を抱き寄せてくれた。

「結果的に何も起こっていないし、紗英が気に病むと思ってあえて言わなかったんだ。心配するのはわかるけど、大丈夫だから安心してくれ。さっき話したメモや手紙には一切返事をしていないよ。ご贔屓筋さんにはきちんと話をしてご理解いただいたし、逆に申し訳なかったと謝られた」

「よかった」

紗英は心の底から安堵して駿之介の背中に腕を回した。

「私、駿ちゃんが無事ならそれでいいの。なんだかんだ考えちゃう時があるけど、結局はそれが一番なの」

信じていても、ふと不安になる時がある。けれど、こうして安心させてくれるたびに知らず知らずのうちに溜まっていた滓が綺麗さっぱり洗い流されていく。

「これからは、紗英が心配しなくてもいいように、その都度話して安心してもらう事にするよ。紗英が安心してくれていると、僕もそうでいられるから――」

さらに強く抱き寄せられ、唇を重ねられる。

ようやくキスが終わった時には、もう外は真っ暗になっていた。リモコンで部屋を明るくしてベビーベッドを覗くと、一臣はまだ目を閉じたままだ。

「晩ご飯、用意しないと――」

紗英がキッチンに向かおうとすると、駿之介がそっと腕を掴んで引き留めてきた。

「もう遅いし、今日はデリバリーを頼まないか？」

駿之介の提案により、今日の夕食はピザとチキンに大盛りのサラダを頼む事にする。

それらが到着する前に一臣が目を覚まし、授乳を済ませたあとに沐浴ついでに交代で入浴を済ませた。

駿之介がバスルームの掃除を済ませてダイニングテーブルに着き、紗英の手から一臣を抱き上げて頬ずりをする。抱っこを交代しながらひと口大に切り分けたピザを頬張り、チキンとサラダを堪能した。

「久しぶりに食べると美味しいね。ちょっとカロリー高めでジャンクだけど、たまにはいいよね」

出産後の体重は、あと少しというところでもとに戻っていないし、今は授乳中の身だ。紗英はここのところ食べるものに気をつけていた。

「確かにチーズのとりすぎは乳腺炎になるとか言われているけど、なんでも食べ過ぎはよくないし、これくらいなら平気だ。あまり神経質にならなくても大丈夫だよ」

紗英が妊娠してからというもの、駿之介は自主的に自宅に買い込んだ育児書を熟読して子育てに関する知識を深めている。

おかげで、古い育児法を信じている親戚達のいい教育係になってくれていた。

「そうだ、駿ちゃん。昼間思いついたんだけど、駿ちゃん個人のブログを開設しない？」

「僕のブログを？　それはまた急な話だね」

灘屋のホームページはあるし、公演情報などはそちらから確認できる。けれど、そこで見られるのは事務的な内容に限られており、プライベートには一切触れられていない。

「昼間一臣を見てて、あんまり可愛いから今の成長記録をぜんぶ残したいなって思ったの。でも、そんなの時間的に無理だし、じゃあ育児日記でもつけようかなんて考えているうちに、ブログの事を思いついて——」

素人に限らず、芸能人の中にも日々子育てについての記事をアップして人気を集めている人が大勢いる。

駿之介の妻として子育てブログを立ち上げられないでもないだろうが、今はそんな余裕はないし素人の自分がそんな大それた事をするなんて考えも及ばない。

そんな事を考えているうちに、ふと以前義父の正三郎が八重子に後押しされてブログを書いていたのを思い出した。

「お義父さん、今はすっかり更新しなくなってるけど、一時は週に一度は記事を書いていらしたし、ファンの方からコメントも多く寄せられていたでしょう?」

「確かに、いつの間にかさぼり癖がついて、そのまま滞っているけど、以前は楽屋で撮った写真とかをブログにアップしたりしていたな」

「ファンの人はお義父さんの日常を知る事ができて喜んでいらしたし、それを見て劇場に足を運んでみようかっていう気になった方もいたでしょう？　駿ちゃんなら、もっとそういった効果を得られるんじゃないかと思うの」

紗英が意気込むと、駿之介は難しい顔をして唸った。

「それはそうかもしれないけど……」

「ブログと言っても別に大袈裟なものじゃなくて、ちょっとした出来事を記事にアップするだけでもいいの。私も手伝うし、無理のない範囲でやれたらどうかな？　きっとファンの方は喜んでくれるし、通りすがりに見た人達が歌舞伎に興味を持ってくれるかもしれないでしょ」

力説する紗英の顔を、腕の中にいる一臣がじっと見ている。

紗英は我が子に笑いかけてあやしたあと、顔を上げて駿之介の答えを待った。

「新しいお客様を劇場に呼び込むのは、歌舞伎界全体の願いでもある。紗英がそこまで言うなら、やってみてもいいかもしれないな」

「ほんとに？　よかったぁ。私、できる限りバックアップするね。もちろん、ぜったいに出しゃばったりしないし、影に徹するから」

駿之介のファンの中には若い女性も多く、中には二人の結婚を機にトーンダウンした人もいるだろう。

かつて駿之介を密かに推していた紗英だからこそ、その気持ちは痛いほどわかる。

そんな人達は劇場で見かけるのは仕方ないとしても、個人のブログでまで妻や子供の存在を感じるのはありがたくない事かもしれなかった。

「そこまで気にする事はないいんじゃないか？」

「そうかもしれないけど、まずは様子を見たほうがいいと思う」

「そうか。わかった」

それから夫婦でいろいろと話し合い、人気のサイトに登録をした。一臣がぐずり出し、その日はそれで終わりとする。

次の日の朝、紗英は一臣が泣き出す前に授乳をして、おむつ替えと寝かしつけを終えてからリビングに下りた。

（よーし、一気に終わらせてしまおう）

ソファ前のテーブルの上でノートパソコンを開き、昨夜の続きを再開する。

すべての初期設定をしたあと、事前に決めてあった素顔の駿之介の画像をブログのトップ画面に設定した。

「これでよし、と。あとは、駿ちゃんに記事をアップしてもらうだけ」

一仕事終えたタイミングで二階から小さな泣き声が聞こえてきて、急いでベッドルームに行くと、すでに駿之介が一臣を抱っこしてくれていた。

「ちょうど起きる時間だから、このまま下に行こう。紗英はもう起きていたんだな」

「昨日の続きが気になって、ちょっと早く起きてとりあえず準備は終わらせたの」

「えっ、もう準備できたのか？」

駿之介に問われ、紗英はリビングで開きっぱなしになっていたノートパソコンの画面を見せた。

「一応はね。トップ画面、どうかな？　あえてバックは白にしてみたんだけど」

「シンプルでいいね。使いやすそうだし、これなら気軽に記事をアップできそうだ」

駿之介の前向きな返事を聞いて、紗英は密かにガッツポーズをする。

「慣れるまで、画像や文面は私が代わって載せてもいいし、地方公演中とかでいつも以上に忙しい時はペースダウンしてもいいからね」

「ありがとう。初めのうちは、紗英に教えてもらいながらアップするだろうけど、やるからにはできるだけ早く自分だけでやれるように頑張るよ」

一臣の成長を記録しておきたいという思いがきっかけになり、期せずして駿之介の個人ブログを開設する事になった。

これで新規の歌舞伎ファンを獲得できれば嬉しい。それ以前に、妻の意見をきちんと考えた上で取り入れてくれた駿之介の気持ちがありがたかった。

彼は思いのほか熱心にブログを更新してくれて、文章は少しだが普段見られない楽屋の風景や舞台裏の様子などの画像をアップしていた。

それがある人気ニュースサイトに取り上げられたのをきっかけに、駿之介のブログは一気に閲覧数を伸ばし、それ以来コメントしてくれる人の数が増え続けている。

そのうちのほとんどの人が、駿之介の子供に関心を寄せてくれており、彼がどのくらい育児に参加しているのか知りたがるファンも少なくなかった。

そんな声に応えて、駿之介は紗英と相談しながら、少しずつではあるが一臣の成長ぶりをブログに書くようになった。

息子に触発されたのか、これまでブログを放置していた正三郎も久しぶりに記事を更新しようかという気になっているみたいだ。

八月の下旬に、一臣の生後百日を祝って松蔵家の広間で、お食い初めの儀式が行われた。

その日は松蔵家と谷光家が一堂に会して、お祝いの膳を囲んだ。姉の鈴奈は今月で八カ月になる愛娘の和佳奈を連れてきており、当日の駿之介のブログには顔をスマイルマークで隠した〇歳児のツーショット写真がアップされた。

それが一臣の画像を載せた最初で、コメントにはたくさんの祝いのメッセージが書き込まれた。

お祝いをした数日後、紗英は義実家で送られてきた中元の品の仕分け作業をしていた。松蔵家ともなるとその数はびっくりするほど多い。そのほかに暑中見舞いのはがきの整理もせねばならず、朝から大わらわだ。

その間、一臣の世話は千歳が引き受けてくれており、授乳の時だけバトンタッチする。

「駿之介のブログ、すごく好評みたいね。百日のお祝いにアップした記事なんか、コメント数が千を超えていたじゃないの」

「そうなんですよ。皆さん、思っていた以上に一臣の写真を喜んでくださって。お義父さんもブログに一臣の写真を載せてくれていましたね」

「そうなのよ。もう孫バカ丸出しで笑っちゃうでしょ」

正三郎がアップした画像は、八重子が撮った一臣のうしろ姿とともに写る義父の笑顔の写真だった。数年ぶりの更新だったが、駿之介のブログにリンクが貼ってあるおかげもあってか、再開後のスタートは上々だったようだ。

「お義父さんの笑顔、素敵でしたね」

「前はたいして面白くもない写真ばかり載せていたのに、初めて気の利いたものをアップしたってお義母さんも笑っていたわ」

奥の間で一臣をあやしてくれている千歳を見て、八重子が可笑しそうに笑った。

「そうそう、来週の木曜日、お義母さんがうちで食事会を開きたいと言っているの。公演前で忙しいとは思うけど、駿之介にも都合を聞いておいてもらえる?」

「はい、わかりました」

駿之介が稽古場に通い詰めている時など、そのまま義実家に呼ばれて食事を一緒にする事はあった。しかし、今回のように事前に計画を立てての食事会は久しぶりだ。

「駿之介、この頃は舞台以外の仕事も受けるようになってくれているでしょう? これも紗英ちゃんのおかげね」

「私は何も……。傍からあれこれ言うだけで、ぜんぶ駿ちゃんがきっちり考えた上でやってくれている事です」

以前は歌舞伎に関係しない仕事はすべて断っていた駿之介だが、最近は内容を吟味して納得のいくものであれば受けるようになっている。

今日も、とある海外ブランドの広報担当者との話し合いに出かけており、上手く話がまとまれば駿之介のモデルデビューもそう遠くないはずだ。

「若い世代の役者が頑張ってくれると、歌舞伎の将来にも十分に希望が持てるわ。形はいろいろと変わってきたり新しいものが生まれてきたりしているけれど、駿之介なら伝統を守りながらまた別の道も切り開いてくれると思っているの」

「はい。私も、そうなるよう駿之介さんを支えていく覚悟です」

紗英が拳で胸をドンと叩くと、八重子が柔らかに笑った。

「つくづく、紗英ちゃんが駿之介と結婚してくれてよかったと思うわ。紗英ちゃんのように明るい頑張り屋さんは、松蔵家や灘屋にとって必要な人材ですもの。それに、歌舞伎役者の妻としてもよくやってくれているわ」

「そうでしょうか……。私、まだまだだし毎日やるべき事をこなすだけで精一杯で。それに、今はなかなか劇場にも足を運べていないし」

「今は駿之介よりも一臣の事を考えてあげてちょうだい。劇場には私やお義母さんが行くから安心して任せて」

八重子が紗英を真似て、拳で自身の胸をドンと叩く。

「ご贔屓の皆さんは、紗英ちゃんを絶賛しているわよ。歌舞伎の事はもちろん、皆さんの好きな演目をちゃんとわかっていて話すのが楽しいって」

「皆さんが、私をそんなふうに？」

「ええ。まだ若いのに着物もきちんと着こなせているし、何より明るいから会うと気持ちが晴れやかになるそうよ。皆さん、紗英ちゃんの頑張りを見てくださっているのねぇ」

八重子が感慨深そうに目を細め、紗英の腕にそっと手を添えた。

やろうと思っていてまだ手を付けられていないものは、たくさんある。けれど、少しずつ積み重ねてきた努力が報われた気がして、心がじぃんと熱くなった。

「いろいろと気苦労が絶えないだろうけど、紗英ちゃんはよく頑張っている。まだ先は長いし学ぶべき事はたくさんあるけれど、焦らなくても大丈夫。紗英ちゃんには谷光の家を含めて私達家族がついているんだから。無理をせず、一歩一歩着実に前に進んでいきましょ」

「はい、お義母さん」

「駿之介は灘屋の未来を担う役者よ。これからも駿之介の妻として、上手く舵を取りながら、背中を押してやってね」

「承知しました。お義母さん、これからもご指導のほどよろしくお願いします！」

「ええ、任せておきなさい」

八重子が紗英の手を取って、にっこりと笑った。その顔を見て、紗英は嬉しさで胸がいっぱいになる。

駿之介推しの一歌舞伎ファンだった自分が、縁あって彼の妻になって義母に認められた。まだまだ精進しなければならない事はたくさんあるが、ここへきてようやく歌舞伎役者の妻としての階段を一段昇れたような気がしている。

そうだ、焦る事はない。自分には梨園の手本となる人が二人もついていてくれるのだ。

紗英は、その事を改めてありがたく思いながら、八重子の手を握り返すのだった。


九月になり、松蔵家の庭に植えられたキンモクセイの花が咲き始めた。

月が変わってすぐの火曜日、駿之介と千歳はかねてより予定していたとおり、姫花に会うために昼過ぎに出かけていった。

行き先は母子が住むマンションで、自宅には直哉もいるはずだ。

一方、紗英は義実家で一臣の世話をしながら源太に習字を学んでいた。彼は柔道のみならず習字も師範の肩書を持つほどの腕前で、教え方も上手い。

一臣をあやしたり寝かしつけたりするのもお手のものだし、紗英が学びたいと思っているもののほとんどを源太から教わる事ができた。

「さすが源太さん。上手く教えてくれるから、だんだんとコツが掴めてきた気がします」

「紗英さんは、なかなか筋がいいですよ。きっとすぐに上手に書けるようになります。でも、練習のしすぎには注意してくださいよ。何事も根の詰めすぎはよくありませんから。さあ、ちょっと休憩しましょうか」

一臣が寝入っている間に、紗英は源太とともに彼が淹れてくれたコーヒーを飲んでチョコレートケーキを食べた。ケーキは源太がわざわざ自作してくれたもので、甘さ控えめで授乳中でも食べて差し支えないように作られている。

「源太さん、すごいですね。習字のほかに長唄、三味線も師範級にできるし、その上こんなに美味しいスイーツまで作れるなんて」

「私は長年松蔵家で務めさせていただいていますからね。昔は弟子としていろいろと学ばせてもらって、先代の付き人になってからも細々と続けさせていただいていましたから」

今年六十七歳になる源太は、かつて伊左衛門が一番に目をかけていた部屋子だった。

生家は呉服屋で今は弟に代替わりしているとの事で、自分は松蔵家からほど近いマンションで一人暮らしをしている。

以前、弟子の誰かが源太に「寂しくないですか」と聞いた事があった。それに対して、彼はきっぱりと寂しくないと言い切っていた。

源太は未婚で、千歳から今まで浮いた話ひとつないと聞かされている。

義祖母との関係などについて話を聞いてみたい気もするが、当然そんな不躾な真似などできるはずもない。

「駿之介さん、今日は女将さんとお出かけなんですね」

源太は千歳を女将さん、八重子を若女将と呼んでおり、弟子達は皆それに倣っている。

紗英は源太を昔から知っているし、彼も以前は気軽に「紗英ちゃん」と呼んでくれていた。しかし、今はきちんと立場を考えた上で「さん」づけにしてくれている。

「そうなんです。稽古があるから、夕方になる前には帰って来ると言っていました」

「そうですか。生きているといろいろありますけれど、何事も上手くいくといいですね」

「はい」

ケーキを食べながら何気なく返事をしてから、ふと源太の言葉に引っかかりを感じて顔を上げた。しかし、彼は窓の外の庭木を見ながら、もう別の話をし始めている。

駿之介と千歳は、今頃姫花と直哉に会っている。もしかすると、源太は二人が今日、どこに何をしに行っているのか知っているのかもしれない。

そんな事を思いながらケーキを頬張っていると、一臣が泣き出してあわてて口の中のものをコーヒーで飲み下した。

一日の予定をすべて終え、紗英は夕方前に自宅に戻り、駿之介の帰りを待ちながら一臣と風呂に入る。この頃はようやく要領が掴めてきて、一臣を抱っこしてバスタブの中に入れるようになったし、二人きりの入浴にも慣れてきた。

一度一臣がバスタブの中で力み出した時には大いにあわてたが、それ以来おむつの様子を見てから風呂に入るようにしている。

駿之介が帰宅したのは、まだ日が落ちる前だった。「ただいま」と言う彼の声が玄関から聞こえてきた。紗英はちょうど授乳中で、ソファに座ったまま彼に「おかえりなさい」と声をかける。

洗面所から手洗いの音が聞こえてきたあと、どこか放心したような顔をしている駿之介がリビングに入ってきた。

「話し合い、どうだった？　上手くいった？」

　つい気が急いてしまい、紗英は授乳を続けながらソワソワする。隣に腰を下ろした駿之介が、一臣の額を指先でそっと撫でたあと、紗英の頬に唇を寄せた。

「ああ、万事丸く収まりそうだ」

「そうなの？　よかった」

　紗英はとりあえず安堵して、表情を緩めた。同じ小さな子供を持つ母親として、姫花の今後がずっと気になっていたのだ。

「僕が考えていたとおり、あのマンションは近々姫花さんに譲渡する事になったよ。これについては祖父の遺言でもあったし、姫花さんも祖母も同意してくれた。それと、祖母は姫花さんを祖父の子供として正式に認知するつもりらしい」

「祖父は、祖母の尊厳を守るため、姫花さんと彼女の母親に関しては僕だけを例外に沈黙を守り続けた。しかし、祖母は事実を知り、この件に関しては祖父に代わって自分が、きちんと筋を通すべきだと考えたんだ」

　駿之介が言うには、伊左衛門が亡くなっていても死後認知は可能であり、遺産の相続に関しても正しく行う予定であるようだ。

「便宜上できる範囲でＤＮＡ型の鑑定は行うようだが、祖母は姫花さんと直哉君を見るなり祖父と血が繋がっていると確信したみたいだ。特に、直哉君が若い時の祖父にそっくりだって言っていたよ」

「そう……認知を……。おばあ様、そんな決断をなさったのね」

伊左衛門の子供に間違いないとはいえ、正妻の千歳がそんな決断を下すのは簡単ではなかったはずだ。もし仮に同じ事が自分の身に降りかかったらと思うと、怖くてたまらなくなる。

「それと、もし今後直哉君が本格的に歌舞伎の道を進みたいと思うなら、祖母は自分がその後ろ盾となって全面的にサポートすると言っていた」

駿之介の言葉を聞いて、紗英は驚いて目を瞬かせた。

「おばあ様、そこまで考えていらしたなんて……」

「しかし、認知するとはいえ、あくまでも真実は公にはしない。仮にマスコミが姫花さんや直哉君の出生の秘密を知れば、前も話したとおり、松蔵家や灘屋一門を巻き込んだ一大スキャンダルになるのは避けられないだろうから」

後々、この件に関する事実が発覚する恐れがないとは言い切れない。しかし、駿之介とともに鳥居母子を見守ると決めたからには、二人が騒動の矢面になる事だけは避けたいと思う。

「直哉君が本気で歌舞伎役者を目指すなら、うちの門下に入る事になるだろうし、僕もできる限りサポートをするつもりだ。最初は部屋子としてスタートして、実力次第では芸養子として松蔵家の一員に迎え入れる事もできるかもしれない」

まだだいぶ先の、可能性のひとつとしての話だが、もしそうなれば、将来的に駿之介と同じ舞台に立つ事も夢ではなくなる。

いずれにせよ、ここまできたら正三郎と八重子にもすべてを話して理解を得る必要があった。

隠されてきた事実を知れば、おそらく二人とも腰を抜かす勢いで驚くだろう。その上、もしかすると直哉が歌舞伎の道を進むかもしれないのだ。

「おばあ様って、本当に強い人だね」

紗英がポツリとそう呟くと、駿之介も深く頷いて同意する。

すべてを知った上で沈黙を守ってきた千歳の心情は、完全には計る事はできない。

しかし、彼女は何もかも理解して、すべてを受け入れる事を選んだのだ。

紗英はただ、義祖母の器の大きさに感じ入り、畏怖の念を抱くばかりだった。

つい先日、駿之介は今年六月の舞台での「お染の七役」が認められ、某協会の特別演技賞を受賞した。

それは、過去伊左衛門や正三郎も獲得したもので、三世代にわたる受賞だとして各テレビ局のニュースや多くの雑誌にも取り上げられた。

これをきっかけに、駿之介の名は以前にも増して多くの人が知るようになり、ブログに載せた授賞式に関する記事にもたくさんのコメントが寄せられている。

中には駿之介の舞台を一度見てみたいと言ってくれる人も大勢おり、実際に公演のチケットを買ったと報告してくれる人もいた。

そんな嬉しい驚きの中で、灘屋の人気役者が揃い踏みの公演がスタートした。

演目は赤穂藩主《あこうはんしゅ》の刃傷事件を扱った「元禄忠臣蔵《げんろくちゅうしんぐら》」や、旗本と腰元の悲恋を描く「番町皿屋敷《ばんちょうさらやしき》」を含む四作。

駿之介が出演するのは夜の部の最後で、上演時間はおよそ二時間。演目は「籠釣瓶花街酔醒《かごのつるべさとのえいざめ》」という吉原《よしわら》の世界を堪能できる作品で、彼は花魁の八《や》つ橋《はし》役を務める。

この役は、かつて伊左衛門の当たり役で、それを今回は孫の駿之介が演じるのだ。

その上、八つ橋の恋人である栄之丞《えいのじょう》役を、正三郎が務める。それだけに界隈の注目度は高く、チケットも即日完売の人気ぶりだ。

駿之介は灘屋の名に恥じない舞台を務めようと、いつも以上に熱心に稽古を重ねてきた。

そして今日、舞台の初日を迎えて、心静かに楽屋で出番を待っているところだ。

絢爛豪華な衣装は鬘《かつら》も合わせると三十キロにも及ぶ。

紗英は彼とともに劇場に入り、雑用などを済ませてから楽屋の隅で駿之介の背中を見守っていた。

(駿ちゃんの気迫、いつも以上にすごい……)

紗英の腕には、この日初めて劇場に連れてきた一臣が抱かれている。愛息は大勢の人が行き交う劇場の裏側に初めて来たにもかかわらず、不思議と泣きもせず大人しい。

源太が駿之介の衣装や化粧の微調整をしていると、千歳がやってきて一臣の抱っこを代わってくれた。

「お乳はもうあげ終わったの?」

千歳に小声で訊ねられ、紗英は頷いて膝の上に載せていたクッションを横に置いた。

「はい、ついさっき。おむつも替え終わってます」

千歳に事前に言われて、紗英は駿之介の舞台が始まる前に授乳を済ませていた。

それは、紗英に初日の舞台を見せてやりたいという千歳の計らいであり、席は八重子が確保してくれている。

「搾乳した母乳はそれね」

千歳に訊ねられ、紗英は頷いて脇に置いてあった保冷バッグを持ち上げた。

「そう。じゃあ、もうそろそろ客席に行きなさい」

「はい、では、よろしくお願いします。じゃあね、一臣」

一臣を千歳に託すと、紗英は膝を使って少しだけ前に進んだ。そして、鏡台の前で静かに目を閉じている駿之介の背中に「頑張ってね」と小さく声をかける。

すると、駿之介が目を開けて鏡越しに紗英と目を合わせて「あい」と答えた。

その声は艶やかで視線はハッとするほど婀娜《あだ》っぽい。

今の駿之介は、もう八つ橋になりきっている。

紗英は彼と千歳に黙礼し、一臣に微笑みかけたあと、楽屋を出て客席に向かった。

いつも駿之介の舞台を観る時は胸が躍るが、今日は産後初めてという事もあり、普段以上に呼吸が速くなっている。

幕間も終わりに近づき、ロビーにいた人々がぞろぞろと客席に戻っていく。

紗英はそのあとについて中に入り、周りにいる贔屓筋に軽く挨拶をしたあと、すでに座っていた八重子の隣に腰を下ろした。

「一臣のご機嫌はどう?」

「びっくりするくらい大人しいです。楽屋の様子に興味津々って感じで」

「あら、そう。さすが、あなた達二人の息子だけあるわね」

八重子が嬉しそうに目尻を下げる。

間もなくして幕が開き、しばらくののちに花魁の付き人が錫杖を鳴らすシャンという音が聞こえてきた。満開の桜の向こうからやってきたのは、たくさんの取り巻き達を従えた駿之介が演じる八つ橋だ。絢爛豪華な衣装に身を包んだ八つ橋に、三階席から「よぉっ!」「待ってました!」の声が掛かった。

居合わせた田舎出の男を一瞬のうちに魅了した八つ橋は、彼にたっぷりと時間をかけて流し目を送る。その様は筆舌に尽くしがたいほど妖艶で、匂い立つほど濃厚な色香を感じさせた。

観客の目は八つ橋に釘付けで、紗英も同様に瞬きするのも忘れて美しい花魁に見入った。客席に拍手が鳴り響き、駿之介が再び歩き出す。

「やあっ!」

「灘屋!」

客席からの掛け声に見送られて、八つ橋が下駄で外八文字を描きながら花道を歩み去っていく。紗英はその姿を目で追いながら、身体がぶるぶると震えているのを感じていた。

（女方だ……。これこそが、駿ちゃんだけの女方だ……！）

駿之介の芸に圧倒され、紗英は彼がいなくなった花道を呆けたように見つめ続けた。

舞台が終わり、紗英はいつものように劇場の受付横で贔屓筋に足を運んでくれた礼を言い、それぞれと歓談する。

「駿之介さん、いつも素晴らしいけど今日は格別によかったわねぇ」

「さすが、将来伊左衛門の名を受け継ぐ人だ」

将来的に伊左衛門の名を継承するであろう駿之介だが、襲名はただ名前を受け継いで変えるだけではない。

名前とともに先人の芸も受け継いで、後世に伝える覚悟がいる。同時に周りもそれにふさわしいと認めた者でなければならない。今日の舞台は見る者に駿之介の研ぎ澄まされた芸を見せつけ、彼の力量を知らしめたものになったようだ。

駿之介の日々の努力は確実に実を結んでいる――。

それが実感できた今、紗英は身も心も浮き上がってしまうほどの喜びを感じていた。

見送りを済ませて楽屋に戻ると、駿之介がすでに鬘を脱ぎ終えて部屋の真ん中で衣装を脱いでいるところだった。周りには千歳と一臣のほかは源太ともう一人の付き人がいるのみだ。

夫の顔を見るなり感極まりそうになったが、グッと堪えて笑みを浮かべる。

「駿ちゃん、お疲れ様でした」

もっと何か言いたかったが、結局はそれ以上言葉が出なかった。そんな妻の心情を察してか、駿之介が紗英を見てにっこりと笑う。

「紗英も、お疲れ様だったね」

帰りは皆で予約しておいた料亭に向かい、舞台の初日が無事終わった事を祝った。

その場にいた者は全員今日の駿之介の舞台を認めており、相手役を務めた正三郎からも「よくやった」との褒め言葉をもらった。

紗英は心からそれを嬉しく思い、義父に抱かれて機嫌よく笑っている一臣を見て、我が子の将来を頭の中に思い描く。

一臣の人生は彼だけのものだし、無理強いなどするつもりはない。しかし、自分の父親を見て育つうちに、同じ芸の道を選ぶのもまた彼の自由だ。

歌舞伎役者を継ぐかどうかは、本人の意思次第。当然、周りは皆そうなる事を望んでいるが、どうなるかはまだわからない。

一度舞台を踏んでも、その後別の道を歩むかもしれないし、こればかりは神のみぞ知る、だ。

一臣が将来どんな道を選ぶにしても、親として全力で応援してあげたいと思う。

食事を済ませて帰宅したあと、紗英はやるべき世話を済ませて、駿之介とともに一臣を風呂に入れた。

それぞれが身体を洗い、お湯に浸かる。円形のバスタブは大人二人が脚を伸ばせるほどゆったりしており、窓からは空にぽっかりと浮かぶ月が見えた。

一臣もそれが見えているのか、丸い目をぱっちりと見開いて空をじっと見つめている。

「駿ちゃん、今日の八つ橋は本当に素晴らしかった。私、感動してしばらく動けなかったもの。ご贔屓の皆さんも絶賛してくださって、すっごく嬉しかった」

紗英が興奮気味にそう話すと、駿之介が濡れた髪の毛を搔き上げながら頬を緩めた。

「紗英にそう言ってもらえると嬉しいよ。今日は初日だったし、紗英が客席で見守ってくれていると思うと心強かった」

「ふふっ、私こそ駿ちゃんにそんなふうに言ってもらえるなんて、嬉しすぎる」

こうして親子三人で過ごしていても、幸せすぎてふとこれがぜんぶ夢ではないかと思う時がある。

かつて夢に見る事すらできなかった奇跡が現実のものになり、腕の中には二人の愛の結晶までいるのだ。きっと、自分ほど幸運に恵まれた人間は、世界中を捜してもそうはいないだろう。

「紗英、さっきから何をニヤニヤしているんだ?」

「べ、別にニヤニヤしてなんかしてないし。ねぇ、一臣?」

駿之介ににやけ顔を見咎められて、紗英は途端にあたふたして表情を引き締める。

「いや、ニヤニヤしてた。なぁ、一臣?」

夫婦がそれぞれに一臣を味方につけようとして、笑いかけたりお道化た顔をしたりする。

「ほら、抱っこを代わるから、先に上がっていいよ」

駿之介の手が伸びてきて、一臣の抱っこを代わってくれた。すると、そろそろお腹が空いてきた様子の一臣が、不満げに手をばたつかせる。

今月で三カ月になる愛息は、もうすでに首が据わっており体重も七・五キロに増えた。身長も六十センチを優に超えており、八重子曰く成長の具合は駿之介が赤ちゃんの頃と酷似しているらしい。先に風呂から上がり手早く身支度を整えたあと、夫と我が子が出てくるのを待ち構える。

湯上りの駿之介の立ち姿は、見惚れてしまうほどかっこいい。日頃から鍛えているおかげで贅肉など皆無だし、どこを取っても造形美を感じさせる。

まさに水も滴るいい男――。

そんな彼が赤ちゃんを抱いている姿は、妻しか見る事のできない自分だけの松蔵駿之介だ。

「紗英、少しのぼせたんじゃないか？　顔が真っ赤だぞ」

「そっ……それは駿ちゃんが、かっこいいせいだから！」

紗英は駿之介の腕から一臣を受け取ると、すぐにバスタオルに包んでそそくさとリビングに向かった。

肌着とロンパースを着せる間も、一臣はお乳をほしがってむずがっている。

「は～い、もう少しだけ待ってね」

紗英はいつものようにソファ前に座り、一臣を抱っこして授乳を始めた。

生まれて三カ月が経とうとしている今、一臣はだいぶお乳を飲むのにも慣れて、たくさん飲めるようになっている。

「いい子ね、一臣。大きくなってパパみたいに素敵な人になるんだよ～」

「それと、ママみたいにおおらかで優しい人になるんだぞ」

ふと気がつけば、駿之介がバスローブを羽織った姿でソファのうしろに立っていた。

「駿ちゃん……」

少しはだけた胸元から、引き締まった胸元が見え隠れしている。ついさっき夫の麗しさにのぼせたばかりなのに、今度は彼の男性的な色気に不意打ちを食らいノックダウン寸前になってしまう。

駿之介が二人の隣に腰を下ろし、持っていたグラスをテーブルの上に置いた。

「飲む？　この間取り寄せたタンポポ茶だよ」

それは、つい先日駿之介が紗英のために買い求めてくれたものだ。たんぽぽの葉や根を使用して作られたお茶は、ノンカフェインで母乳の出をよくするとも言われている。

「うん、ありがとう」

紗英が少しだけ身を乗り出すと、駿之介がストローを口元に寄せてくれた。

そのまま飲ませてくれるのかと思いきや、彼はストローをスッと引いて紗英の唇にキスをしてきた。

甘く優しいキスを受けて、紗英は一瞬で骨抜きになって目をとろんとさせる。

授乳中という事もあり、唇はすぐに離れた。けれど、駿之介は紗英の身体にぴったりと身を寄せて母子の姿を嬉しそうな顔で眺めている。

「紗英と一臣と、こうしていられるだけで心が安らぐし、疲れなんか吹き飛んでまた明日も頑張ろうと思えるよ。実はね、紗英……。僕も紗英の小さい頃からの写真を秘密のアルバムに保管してあるんだ。何せ、紗英は昔から僕の推しだからね。今度それを見せてあげるよ」

「え……私が駿ちゃんの、推しっ？」

紗英が素っ頓狂な声を上げる、目蓋を閉じていた一臣がびっくりして握っていた手をパッと開いて目をパチパチさせる。

「ご、ごめん一臣」

紗英はあわてて一臣に謝り、おずおずと顔を上げて駿之介を見た。

「今の、本当？」

「ああ、本当だよ。忘れたのか？　僕だって、紗英にずっと片想いをしていたんだぞ」

「そ、そうだったね」

駿之介は、彼が高校一年生の時に、紗英に対する恋心を自覚した。

そして、鈴奈の妊娠にまつわる騒動を利用して、かなり強引に自分達の結婚話を進めたのだ。

駿之介が目を細くしてニッと笑う。一夜のうちに何度となく彼に魅了され、今こうして家族水入らずの時間を過ごしている。

紗英は我が身の幸福にどっぷりと浸りながら、二人の愛の結晶である一臣の額にそっと頬をすり寄せるのだった。

第五章　ともに歩んでいく人

季節は移り替わり、都内にある劇場前に植えられた桜も一部咲き始めている。

紗英はその日の公演を終えた駿之介を乗せて車で帰途についた。途中、実家に立ち寄ったのは、母親に一臣を預かってもらっていたからだ。

「お母さん、遅くなってごめんね。途中で渋滞に巻き込まれちゃって、動けなくなっていたの。一臣の面倒見るの、大変だったでしょ？」

「私ならぜんぜん平気よ。久しぶりに一臣ちゃんと遊べて楽しかったわよ」

母親の可子が機嫌よく笑い、紗英と駿之介を歓迎する。

「いらっしゃい、駿ちゃん。晩ご飯、食べていくでしょ？」

「もちろん、食べていくよなぁ。無事千秋楽を迎えた事だし、久しぶりに酒でも酌み交わそう」

一臣を抱っこしていた父親の肇が、嬉しそうに笑い声を上げる。

促されてキッチン横のリビングに入ると、木製の座卓の上にはすでにたくさんの料理が並べられていた。

「もう、お父さんったら、そんな事言って駿ちゃんをダシにして飲もうって魂胆でしょ」

鈴奈に指摘され、父親の肇がひょいと肩をすくめる。

紗英は肇から一臣を受け取り、ニコニコと笑っている我が子の背をトントンと叩いた。

「遠慮なくご馳走になります。お義母さんの料理、懐かしいな」

「どうぞ召し上がれ～。お父さんが捌いてくれたお刺身もあるからね」

肇に呼ばれた駿之介が、父親の左横に座る。

紗英は駿之介に父母を託すと、キッチン横の休憩室に行って一臣に授乳をする準備に取り掛かった。今月で九カ月になる一臣は、もう離乳食を上手に食べられるようになっている。それでもまだお乳をほしがるし、今日のように数時間離れてたあとには特にそうだ。

「お父さんもお母さんも久しぶりに駿ちゃんが来るっていうんで張り切っちゃって」

鈴奈が言い、和佳奈とともに紗英の横に座った。今月で一歳と三カ月になった姪は、恥ずかしそうに母親の陰に隠れている。

「和佳奈ちゃん、今日は一臣と遊んでくれてありがとうね」

紗英が声をかけると、和佳奈が頷きながら一臣に手を振る。一臣も、それを真似て手を横に動かした。

「一臣、最近は真似っ子遊びが気に入ってるみたい。誰かと会って『こんにちは』って頭を下げると、同じようにペコッてするんだよ」

「今日ちょっとだけお店に連れて行った時に、やって見せてくれたわよ。それにしても一臣ちゃん、ぜんぜん人見知りしないね」

「うん。今のところ、まったく。稽古場とか楽屋とか、大勢人がいるところに行き慣れているからかな」

一臣は、しばしば紗英に連れられて稽古場や劇場に行く。

そこで紗英が用事をしている時は、身内はもちろんの事、源太や近くにいる付き人達が一臣の相手をしてくれる。

「一臣ちゃんも、もう九カ月だもんね。お座りも一人で上手にできるようになってるし、少しは楽になったんじゃない？」

「うん。でも、この頃は後追いがすごいの。トイレもこっそり行かないと、大泣きされちゃうのよ」

「わかるわぁ。動けるようになった分、目も離せないよね」

「ところでお姉ちゃん、身体はどう？　一人目の時と同じ感じ？」

つい先日、鈴奈から二人目を妊娠したとの報告があった。姉夫婦はかねてより子供は少なくとも二人はほしいと言っており、和佳奈が一歳になったのを機に妊活を始めていたようだ。

「ぜんぜん違う。前は初期から吐き気やめまいのオンパレードだったけど、今回はそれがまったくないの。まあ、これからそうなるのかもしれないけど」

「そうなの？　でも、無理はしないようにね」

気丈な姉は、前回の妊娠中に無理矢理店頭に立とうとして立ち眩《くら》みを起こし、倒れそうになった。それ以来無茶をするのは止めたようだが、元来じっとしていられない質で、紗英が家を出てからは進んで配達を買って出ているようだ。

授乳を終えた紗英は、鈴奈とともにリビングに戻った。駿之介の左隣には店の片付けを終えた公一が座っており、二人にとっての義父を交えて仲良さそうに盃を酌み交わしている。

「駿ちゃん、来月は京都《きょうと》だね。紗英は一緒に行くのか？」

「ううん、今回は松蔵のお義母さんと源太さんが行ってくれるから、私は一臣とお留守番」

「じゃあ、お練りはテレビ画面越しに見るんだな」

「その予定。当日は生中継が決まってるからバッチリスタンバイして待つつもり」

お練りとは、興業の宣伝を兼ねて出演する役者達が市中を練り歩く事で、公演が行われる会場近くで行われる。

今回の舞台は劇場の改装記念も兼ねており、歌舞伎役者以外の芸能人やスポンサー企業の代表達もお練りに参加する予定だ。

「今回のお練りは規模も大きいし、ニュースで取り上げられるんじゃない？」

鈴奈が和佳奈に茶碗蒸しを食べさせながら、駿之介を見た。

「たぶん、そうなるだろうな。久々のお練りだから、緊張していつも以上に顔が強張りそうだよ」

愛想良しの役者達は観客やテレビカメラに笑顔を振りまくが、これまでの駿之介は、軽く微笑んで手を振るだけに終始している。舞台では様々な顔を見せる彼だが、未だに近距離でテレビカメラを構えられるのに慣れていない様子だ。

「無理にカメラを見なくても、集まってくださった人達だけを見ればいいんじゃないかな」

「そうね。それでも強張るようなら、紗英や一臣ちゃんの顔を思い浮かべればいいのよ。そうしたら、自然と笑顔になるんじゃない？」

紗英に続いて、可子がアイデアを出す。

「おお、そりゃいい考えだ」

可子の提案に賛同した肇が、駿之介の肩に手をかけて満面の笑みを浮かべる。

「テレビカメラの向こうに愛する妻子がいると思うと、嫌でもニコニコ顔になるだろうな。お練りは舞台とは違って素顔の役者達を見られる貴重な機会だし、そのほうが喜んでもらえるぞ」

皆の意見を聞き、駿之介が神妙な顔で頷く。

「いいですね、それ。当日は忘れずに実行に移します」

「それがいい。妻と子は何ものにも代えがたい宝だからな。宝は多いほうがいいぞ。駿ちゃん、ところで、子供はあと何人作る予定なんだい？」

肇がそう言うなり、正面に座っていた鈴奈が父親を睨みつけた。

「お父さんったら、余計な事言わないの！　そういうのは夫婦が決める事でしょ」

娘にたしなめられ、肇が頭を掻きながら小さくなる。

「そうだったな、すまんすまん。つい、孫が生まれるのが嬉しくてな」

そのあとも食べながら子供の話をしたり、駿之介の公演について話したりした。

紗英は用意された料理をお腹いっぱい食べ、一臣がウトウトとし始めたところで両親達に暇乞いをする。

車の後部座席に設置したベビーシートに座らせると、一臣はしばらくの間ぐずったあとでふいにコテンと寝てしまった。けれど、自宅に帰りつく直前で目を覚まし、盛大に泣き始める。

「一臣、ちょっと待ってくれよ。もうじきおうちに着くからね」

隣に座る駿之介があやすも、一臣はジタバタと足を蹴り出しながら前に手を差し伸べるような格好をする。

「抱っこしてほしいのかな？　今日はいい子でお留守番していたもんな。あとでいっぱい抱っこしてあげるから、もう少しだけ我慢しような」

結局、自宅マンションの駐車場に着いてベビーシートから下ろすまで泣き続け、駿之介が抱っこするなりピタリと泣き止んでご機嫌になる。

「一臣は甘えん坊だな。よしよし」

二人して荷物を持って一度自宅まで帰った。そのあとで、駿之介が紗英と抱っこを替わり、まだ車に残っている荷物を取りに行くために再度玄関に向かう。

その背中に、紗英が「待って」と声をかける。

「さっきは、うちの父がうるさい事を言ってごめんね。三人目の孫が生まれるからって、すっかり孫フィーバーになっちゃってるみたいで」

「僕ならぜんぜん平気だよ。お義父さんは昔から子供好きだったもんな」

「そうなんだよね」

肇は地元の子供会の世話役を自ら買って出たほどの子供好きで、幼い頃からクールだった駿之介さえも懐いたくらいだ。

「僕としては二人目どころか、子供は何人でもほしいくらいだ。だけど、妊娠や出産は紗英にしかできない大変な仕事だから、紗英の気持ちを一番に優先させたいと思っているよ」

あれこれと忙しくしていたせいもあって、二人目についてはまだ夫婦でよく話し合った事はなかった。けれど、一臣も九カ月になった事だし、そろそろ本格的に考えてみるのもいいのかもしれない。

「駿ちゃん、そこまで考えてくれてたんだね」

「正直、結婚するまでは自分の子供を作るなんて、想像もつかなかった。だけど、紗英と夫婦になって、自然と二人の子供がほしくなったし、一臣が生まれてからは何人いてもいいと思うようになったんだ」

駿之介が一臣を愛おしそうに眺めて、相好を崩す。その顔は父性愛に満ち満ちており、観ているだけで気持ちが温かくなった。

「子供については、私も同じ気持ち。もう出産して九カ月になるし、そろそろ二人目を作ってもいいかなって……」

そう言い終えると、紗英はにわかに照れて下を向いた。一臣と目が合い、伸びてきた小さな手が赤くなった頬にタッチする。

「そうか。じゃあ、今夜あたり二人目を作る事についてじっくり話し合う事にしようか」

いつもよりも低く響く声でそう言われて、ドキリと胸が高鳴る。顔を上げると、駿之介がゆったりと微笑みを浮かべた。その表情がやけに意味ありげで、紗英はますます頬を熱くする。

「う……うん、わかった」

紗英がコクリと頷くと、一臣がそれを真似て首を縦に振る。

上手くいけば、来年には二人目が生まれるかもしれない。そんな望みを抱きながら、紗英はリビングを出ていく駿之介の背中に微笑みかけるのだった。

四月の京都公演の前に予定されていたお練りは、天気にも恵まれて沿道には大勢の観客が詰めかけていた。現場には警察官による警備もあり、スタッフと書いたプレートを首から下げた人も警護に当たっている。

紗英は自宅で一臣の相手をしながら、現場の様子を生中継しているテレビ画面に見入っていた。先陣を切るのは劇場を経営する会社社長で、そのあとにスポンサー企業の代表達が続く。

観客の多くは、それぞれにスマートフォンやカメラを持つ手を伸ばして、ベストショットを撮ろうとしている。

「すごい人手だなぁ。それに、前に見た時よりも若い人が増えているみたい」

レポーターの男性が周りの様子を話している間に、行列はさらに進み数人の舞台俳優達が手を振りながらカメラに近づいてきた。その後に続くのは十数人の芸者達で、誰もが皆美しく着飾って笑顔を振りまいている。

「あ、一臣。パパがいた！　見えるかな？　ほら、ここだよ」

紗英が指差すところは、まだ列の後方だ。けれど、背の高い駿之介は頭ひとつ飛び出ており、見つけるのも容易だった。

「わ……駿ちゃんの紋付き袴姿、見惚れちゃう。パパ、素敵だねぇ一臣。あそこにいる誰よりもかっこいいね」

紗英が興奮して話しかけると、一臣がきゃっと笑い声を上げた。

「駿ちゃ～ん！　パパ～！　こっち向いて～！」

紗英は一臣の手を取りながら、画面の中の駿之介に呼びかけた。すると、驚いた事にそれまで微かに微笑んでいるだけだった彼が、テレビカメラに向かって白い歯を見せて笑った。

「あっ……一臣、パパがこっち向いて笑ってくれたよ。嬉しいね！」

そうしてくれるよう打ち合わせをしていたわけではないし、笑いかけたのは映像を見ている不特定多数の人達に対してだろう。いずれにせよ、お練りの最中に駿之介があんなふうに笑うのは初めてだ。

彼は、それ以降も沿道の人達に笑いかけ、手を振って歓声に応えている。

それに負けじと、ほかの者もにこやかに愛嬌を振りまく。

観客達はさらに盛り上がり、沿道からはそれぞれに贔屓の役者の名前や屋号などの掛け声が上がった。

その日の夜、紗英は駿之介に電話をかけて昼間テレビ越しに目が合って笑いかけられた事を話した。

「偶然だったにせよ、すごく嬉しかったし、びっくりしちゃった。それにしても、今回は前よりも若い人達の数が増えていたみたいだったけど、実際はどうだった？」

『確かに、そうだったよ。皆さん、一生懸命手を振ったり声をかけてくださったりして、役者仲間も皆喜んでいたよ』

「ありがたいね。駿ちゃん、今日はお疲れ様でした。駿ちゃんを含めて、みんないい笑顔だったし、すごくいいお練りだったと思う」

紗英は心からそう言って、駿之介を労った。

芸の道だけではなく、人としても成長を遂げている彼を見るにつけ、誇らしい思いでいっぱいになる。

『ありがとう、紗英。この前紗英の実家に行った時、紗英やお義母さん達がこうすればいいってアドバイスしてくれただろう？　それを思い出して実行に移したら、自然と笑顔になっていたんだ。今度会った時に、お義母さんにもお礼を言わないとな』

「私からも言っておくね。きっと今日の中継を見て、騒いでるだろうから」

駿之介との電話を切ったあと、紗英はすぐに実家に連絡を入れた。電話に出たのは鈴奈で、紗英の予想どおり父母は休憩室のテレビで生中継をチェックし、店に聞こえるほど大きな歓声を上げていたらしい。

『さっき駿ちゃんのブログ、見たわよ。そこにもお練りの様子が書いてあったわね。「皆さんが笑顔で手を振ってくださって嬉しかった」って』

「え？　ブログ、もう更新してるの？　知らなかった」

『してたわよ。笑顔の自撮り付きで。駿ちゃん、紗英と結婚してから、いい感じにこなれてきてるよね』

電話を切った紗英は、さっそく駿之介のブログをチェックした。すると、鈴奈が言ったとおり自撮り写真付きで記事がアップされている。

「わぁ、駿ちゃん、確かにいい感じにこなれてきてるかも」

むろん、それは駿之介自身の努力の賜物であり、彼が日々精進を心掛けているからこそのものだ。その甲斐あって閲覧数は確実に伸びてきており、リンクを貼っているおかげか灘屋のホームページを訪れる人の数も右肩上がりだ。

「私も駿ちゃんを見習って、もっと成長しなきゃ。ね、一臣」

紗英が笑いかけると、一臣が積み木遊びの手を止めて「あうー」と返事をする。

ふと思い立った紗英は、スマートフォンで愛息とのツーショット写真を自撮りした。

そして「大好き」とメッセージを添えて、駿之介のアカウントに送り届けるのだった。

一臣の初節句を前に、義実家の庭に手描き友禅の鯉のぼりが飾られた。

稽古場の入り口には節句幟が立てられ、母屋の大広間には本物と見紛うばかりの甲冑を着た五月人形がどっしりと腰を据えている。これは松蔵家に代々伝わる逸品だが、当の一臣は人形を一目見るなり大泣きをして可哀想なくらいだった。

一方、自宅マンションには実家の両親とともに選んだ高さ三十センチほどの連獅子人形が飾られている。大きさは、少し大きめのノートパソコンくらいなので、リビングの棚の上にぴったりと収まるサイズだ。

こちらは一臣も大いに気に入った様子で、紅白の髪をした二体を飽きもせず眺めている。

(もしかすると、将来は駿ちゃんと一臣で連獅子を踊る事になるかもしれないな)

こどもの日当日、松蔵家は親戚の人達に「谷光堂」特製の柏餅とちまきを配り広間で祝い膳を振る舞った。

「紗英さんも、すっかり女将さん業が板についてきたわね」

そんな声が漏れ聞こえてきて、紗英は駿之介と結婚してからの事を改めて思い返してみる。

結婚した当初は、戸惑う事ばかりだった。

贔屓筋への挨拶をするために劇場の受付に立つだけでも足が震え、喉がカラカラになったものだ。何度言い間違いをしたか知れないし、とんちんかんな受け答えをしたのも一度や二度ではなかった。

それでも必死になって劇場に通い詰めてくれる人達の顔を覚え、公演に足を運んでくれた事を心から喜んで感謝の気持ちを伝えてきた。

ただ一生懸命に務めているうちに、もうじき二度目の結婚記念日と一臣の一歳の誕生日がやって来る。

振り返ってみれば長いようで短い月日だったが、家族が皆健康でいられる事が何よりありがたいと感じていた。

そんな中、駿之介はかねてより企画していた自主公演の準備に余念がない。それは彼自らが発案し、すべての段取りをした初めての舞台だ。むろん、正三郎や灘屋の重鎮達には事前に相談し、了承も得ている。

紗英は駿之介の妻として彼を支え、夫が新たな一歩を踏み出せるよう事務的なサポートを全面的に引き受けた。

舞台の初日は京都にある劇場で、午前と午後の二公演。上映時間は休憩を含めておよそ四時間で、二日目は初日の二日後に都内の劇場で行われる予定だ。

駿之介は二日前から現地入りしており、会場でのリハーサルを重ねている。

ぜんぶで四公演の舞台ではあるけれど、やるからには一度だけではなく、定期的に開催したい――。

それは駿之介だけではなく紗英の望みでもあり、ゆくゆくは全国各地で開催して、普段歌舞伎に触れる機会がない人達にも舞台を楽しんでもらいたいと思っている。

結婚以来、駿之介のマネージャーの役割も果たしてきた紗英だが、今回は協賛してくれる企業探しに奔走し、無事とある衣料品メーカーと契約を結ぶ事ができた。

そして今日、紗英は初日の舞台に立つ駿之介のサポートをするために朝一番の新幹線に乗り込んでいる。

(今行くから待っててね、駿ちゃん。一臣、ママ行ってくるからね!)

昨夜はいつもより早く一臣を寝かしつけて、つい一時間ほど前に八重子に愛息を託した。まだ一歳前ではあるけれど、この日のために少しずつ慣らして、どうにか一日だけ義実家にお泊まりをする準備が整ったのだ。

たった一日だが我が子と離れるのは身を裂かれる思い出し、今までにないほど後ろ髪を引かれている。

京都では一日のみの公演だし、いつも同行している付き人もいてくれるから、紗英がいなくても支障はない。けれど、今日は駿之介にとって最初の単独公演であり、その第一歩をともに踏み出したいという思いを捨てきれなかったのだ。

できる事なら一臣も連れて行きたかったが、〇歳児には常に付き添いが必要だ。けれど、スケジュールの関係で義祖母や八重子も東京を離れられず、源太も別の用事があって同行を頼む事はできなかった。

実家を頼る事も考えなくはなかったが、喫茶ルームを開設以来かなり忙しくなっているようだし、妊娠中の鈴奈にも負担をかける事になる。

紗英は駿之介に相談した上で、義実家に一日だけ一臣を預かってもらえるよう頼んだ。幸いにも皆快く承諾してくれて、しっかり見届けるようにと励ましの言葉までもらった。

今朝は、まだ暗いうちから着付けを済ませ、東京駅までタクシーを飛ばした。着ているのは涼やかなベージュの小紋で、それに義母から譲り受けた淡色の袋帯を合わせている。

およそ二時間を車内で過ごし、京都駅に着くなり再度タクシーに乗って会場となる劇場を目指す。

目的地に到着し、建物の周りや入り口付近に立っているのぼりなどに不具合がないかチェックする。その後、舞台スタッフや共演者の関係者達に挨拶をして、駿之介の楽屋に顔を出した。

「ただいま到着しました」

一声かけて中に入ると、稽古着姿の駿之介と同行していた付き人達が迎えてくれた。

そこは十二畳の和室になっており、壁の三面に鏡が据えられている。

「朝早くご苦労様。一臣は大丈夫だったか？」

「出る時はまだ眠っていたけど、お義母さんが『しっかり面倒を見るから、心配せずに行ってらっしゃい』って」

駿之介が頷き、それから間もなくして舞台に立つ準備に取り掛かった。

上半身を脱いで化粧をする彼の身体は、あいかわらずアスリート並みに引き締まっている。

紗英は一足先に楽屋を出て、劇場のロビーと客席を一回りしてみた。

入り口付近にはいつにも増して色鮮やかなスタンドフラワーが立ち並び、臨時で設置されたテーブルの上には駿之介や共演者宛のプレゼントが山積みになっている。

紗英は劇場のスタッフにお願いして、急遽テーブルを一台増やしてもらった。

大劇場とは違い、すべてがこぢんまりとしているが、設備はしっかりしており花道もある。

ここが、駿之介の新しく歩き始める道の第一歩になるのだ。

紗英は着物の襟を正し、舞台に向かって深々と頭を下げた。

今一度楽屋に戻って雑用をこなし、午前十一時からの公演に備える。まだ少し早い時間に受付に向かうと、ちょうどやってきた贔屓筋の女性二人が入り口に顔を見せたところだった。

すぐに出迎えて、わざわざ遠方から駆けつけてくれた事への礼を言い、しばらくの間歓談する。

「駿之介さんの道成寺が観られると思うと、昨日からドキドキしっぱなしよ」

「道成寺もいいけど、牡丹燈籠の三役も楽しみよねぇ」

演目は二つあり、ひとつ目は去年十一月の九州公演でも演じた「京鹿子娘道成寺」。二つ目は明治《めいじ》時代に活躍した落語家・三遊亭圓朝《さんゆうていえんちょう》作の「怪談牡丹燈籠《かいだんぼたんどうろう》」だ。

駿之介はいずれの作品でも主役の女方を演じ、日頃から交流のある若手役者が相手役を務め、ほか数名が脇を固める。

二日間の舞台は四公演ともチケットは完売しており、キャンセル待ちをしても入場は難しい状態だ。ロビーにはたくさんのフラワースタンドや花籠《はなかご》が並べられ、その前で記念写真を撮っている人も大勢いる。

だんだんと上演時間が近づいてきて、紗英は受付横に立ち、やって来るお客様を丁寧に出迎えた。今回は駿之介単独の公演であり、出演する役者達も若年の者達が中心になっている。そのせいか、来場者はいつもより年齢層が低く女性客が多い。

紗英はいつも以上に目立たず、控えめな態度で来客達を出迎えた。

いよいよ開演時間となり、幕が開くとそこは桜咲く春の道成寺。

そこに美しい娘が現れ、修行僧達の前で舞い踊る。何度も衣装を変え美しく舞ったあと、娘は大蛇となって本性を現し、かつて愛した男が身を隠した憎い鐘に巻き付いて深い恨みの念を見せつける。

恋する想いは、時として人を鬼にも蛇にもするが、ただ一筋に一人を愛し抜く心は観る者を魅了して涙を誘う。

去年の九州公演を見逃しているだけに、紗英はことさらこの舞台を楽しみにしていた。鐘の上で下を見下ろす清姫《きよひめ》の美しい事といったら――。

駿之介は、およそ一時間を踊り抜き、観客の拍手喝采を浴びて幕が引かれた。

紗英は圧巻の舞台に言葉を失くしながらも、二十分の幕間にはロビーに出て顔見知りの顧客や声をかけてくれた若い観客達とひとしきり会話を楽しんだ。

二幕目の「怪談牡丹燈籠」で、駿之介は三役の女役を一人で演じる。

身分違いの恋に悩んだ末に命を落とす娘・お露は、成仏できず幽霊となって恋人の新三郎のもとを訪れる。駿之介は美しくも儚い幽霊のほかに欲深い中年女性や一癖ある妾女を、見事に演じ分けて観客の心を鷲掴みにした。

すべての演目が終わり観客達を見送る紗英のもとに、贔屓の客達が次々に押し寄せてくる。

「素晴らしいのひと言。駿之介さんの女方は、本当に見ごたえがあるわ」

「楽しかったわ。でも、年増女を演じるにはまだちょっと若いかもしれないわね」

お褒めの言葉や厳しい意見など、すべての声をありがたく頂戴しているところに、初めて話す若い観客達が通りすがりに「面白かった」「また観にきます」などと声をかけてくれた。

すべてのお客様をお見送りしたあと、紗英は初日が無事終わった事を知らせるために義実家に連絡を入れた。

『一日、ご苦労様だったわね。駿之介にもお疲れ様でしたと伝えてちょうだいね』

応対してくれた八重子から労いの言葉をもらったあと、紗英は一臣の様子を訊ねた。

昼寝をする時に少々ぐずったようだが、お弟子さん達にたくさん遊んでもらったようで、今はもう風呂も済ませて夢の中にいるらしい。

（よかった……！）

今日一日はやるべき事に集中しようと思っていたが、やはり残してきた我が子を完全に頭の中から消し去る事はできなかった。

一臣が無事一日を終えたと知った紗英は、心底安堵して楽屋にいる駿之介のもとに急いだ。ロビーでの対応や義実家への連絡に手間取ったせいか、彼はもう化粧を落とし着替えを済ませていた。

「駿ちゃん、お疲れ様でした」

紗英は駿之介の前に進み、丁寧に頭を下げた。

「紗英もお疲れ様だったね。ご贔屓さんが何人かここまで挨拶に来てくださって、紗英がいつも以上に頑張っているって教えてくれたよ」

話を聞くと、それは受付で最初に話した女性客の二人だった。彼女達は楽屋に差し入れをしてくれていたようで、後日お礼状を書くのを忘れないようスマートフォンのメモアプリに書き込んでおく。

帰り支度をしながら、ロビーでお客様からいただいた言葉を、そっくり駿之介に伝えた。彼は一言一句胸に刻むように、頷きながら耳を傾けている。

「お義母さんにも無事終わったと伝えておきました。一臣は一日、いい子にしてお弟子さん達にたくさん遊んでもらったみたい」

「そうか。これはお土産を奮発しなきゃいけないな」

片付けを終え、公演に関わってくれたすべてのスタッフに礼を言って会場をあとにする。同行してくれた付き人達と別れたあと、荷物を持って事前に頼んでおいたタクシーに乗り込む。

時刻は午後八時前。これから東京に帰れなくもないが、駿之介の体調を考えたのと彼たっての希望で、今夜は京都で一泊をする予定になっている。

「そういえば、駿ちゃんと二人きりで泊まるのって、ずいぶん久しぶりだね」

一臣が生まれる前は、地方公演に同行して会場近くのホテルに何度となく泊まった。けれど、妊娠してからは東京で留守を預かるようになり、今日のような時間を過ごすのはかなり久しぶりだ。

「そうだな。二日目の公演は明々後日だし、今夜は二人っきりで京都での夜を満喫しよう」

「うん。でももう遅いし、いったんホテルにチェックインしたほうがいいんじゃないの？」

「いや、今夜はいつものホテルじゃないところを予約したんだ」

灘屋一門が地方公演を行う際は、泊まる宿はたいていいつも同じだ。今回もそうかと思っていたが、言われてみればタクシーは定宿とは逆方向に進んでいる。市道から国道に入り、途中から細い坂道に入る。

少し行くと、山々に囲まれた土地に建つ閑静な旅館が見えてきた。タクシーを降りると、係の人がやってきて荷物をすべて持ち運んでくれる。案内されたのは露天風呂付きの部屋で、縁側の外には鯉が泳ぐ池や日本庭園が見えた。

「先月の京都公演の時に、地元のスタッフの方が勧めてくれた旅館なんだ。夫婦でゆっくりしたいなら、ここが一番おすすめだって」

駿之介が、歩きながら紗英に手を差し伸べてくる。

どうやら彼は、久々に二人きりになれる夜のために事前にリサーチをしてこの宿を選んでくれたようだ。その気遣いが嬉しくて、紗英は彼と手を繋ぎながらニコニコと笑った。

「すごく静かで素敵なところだね。いるだけで心が洗われる気がする」

建物は純和風で、すぐ近くには寺院もあって独特の趣がある。日頃から和の世界には親しんでいるけれど、自然の中に建つ飾らない素朴さがたまらなく心地いい。

「喜んでくれてよかった」

久しぶりの二人きりは、新鮮だしドキドキする。けれど、言うまでもなく一臣の事が気になり、ひとしきり我が子の話をして結局もう一度義実家に連絡を入れて愛息の様子を聞いた。あとでゆっくり入るつもりで、とりあえず露天風呂で汗を流し、用意された浴衣に着替える。

その間に部屋に食事の準備が整い、駿之介と向かい合わせになって膳の前に座る。

窓から見える景色を眺めながら食べるのは、旬の野菜や山菜などをふんだんに使った京会席だ。

「それにしても、すごいご馳走だね」

先付けは虹鱒《にじます》の甘露煮とごま豆腐。季節の炊き合わせは木の芽と冬瓜に茄子、三度豆だ。お造りは鯛を桜の葉で包んで香りをつけたもので、焼き物としてすずきのグリルと黒毛和牛のステーキまでついている。

「せっかくだから特別に用意してもらったんだ。結婚して、もうじき二年目になるのに、新婚旅行にも行けていなかっただろう？　公演目的で来ているし、たった一晩じゃ旅行とも言えないけど、せめて今夜だけは夫婦の時間を満喫できたらと思って」

「公演目的でも、たった一泊でも立派な旅行だよ。というか、駿ちゃんとなら、いつどこに行っても新婚旅行気分になると思う」

「僕もそう思うよ」

季節感のある料理は目にも美味しく、ひと口食べるごとに旬の滋味を感じる。

土鍋で炊いた筍ご飯と京漬物の相性はぴったりだし、デザートのフルーツ盛りを食べる頃にはもうお腹がパンパンになっていた。

「もう食べられない。あぁ、美味しかった！　これだけ食べたから、ぜったいに体重増えてる……たぶん、二キロくらい。でも、たまにはいいよね？」

紗英が笑うと、駿之介が頷きながらにっこりする。

「二キロくらいどうって事ないよ。体重が何キロになろうが、紗英が僕の大事な奥さんなのは変わらないしね」

「駿ちゃんったら……」

腹ごなしに庭園を散歩し、並んで池の鯉を眺めたり空を仰いだりする。

街から離れているおかげで、いつもは見られないような小さな星まで見つける事ができた。

部屋に戻ると、もう膳は片付けられており、奥の間には寝具が用意されている。

それが目に入った途端、にわかに鼓動が速くなった。

紗英が熱くなった頬に掌をあてがうと、そこに駿之介の手が伸びてきて指を絡めてくる。

微笑みながら唇にキスをされ、胸が痛いほどときめく。いよいよ誰にも邪魔されない夫婦だけのロマンチックな夜がスタートした。

紗英はうっとりと目を閉じると、駿之介の手によって浴衣の帯が解かれるに任せるのだった。

自主公演も成功裏に終わり、駿之介は個人でメディアに取り上げられる事が多くなった。

紗英は逐一それらをチェックして、記事をファイリングしたり映像などをデータ化して保存したりしている。

もともと各界からいろいろと声が掛かっている彼だが、以前は歌舞伎以外には一切興味を持たずオファーにも応じなかった。けれど、この頃では周りの声を参考にしながら、納得のいく仕事であれば積極的に受けるようになっている。

駿之介個人のブログも順調に続いており、反応も上々だ。殊に彼が育児に奮闘している画像を載せての記事は好評で、中でも子育てに参加しない不届きな夫を持つ妻達から絶大な支持を得始めている。

「なんだか急にファンが増えて、怖いくらいだ」

新たにファン層を広げた駿之介は、想像以上のブログ効果にいささか戸惑っている様子だ。彼がアップする記事は仕事関連に留まらず、今や育児ブログとしての役割も果たしている。

駿之介は、表向きだけではなく実際に子育てに参加している良き夫だ。そんな彼の姿を実際に公園で見かけた人もいるようで、ブログにもコメントを残してくれている。

『公園で息子さんと遊ぶ松蔵駿之介さんを見かけました。常にスマホ片手のうちの主人とは大違い』

『イクメン気取りのうちの旦那、駿之介さんを見習って！』

それをきっかけにコメント欄は大いに盛り上がり、ついには某ニュースサイトで記事として取り上げられるまでになった。

『歌舞伎界のプリンス、理想のイクメンぶりを発揮！　休日は我が子と公園にお出かけ！』

記事は大層反響を呼び、新しいファンを呼び込んでくれた。

駿之介のブログを介して、大勢の人が歌舞伎に興味を持ち、中には灘屋の後援会に入り彼のグッズを買ったという人まで出てきている。

紗英の発案で、単純に駿之介のファンを増やしたいと願って始めたブログは、いつしか子を持つ父親部門でトップテンに入るほどの人気ぶりだ。


五月も最終週になり、自宅マンションのエントランス横の花壇に植えられた紫陽花が薄紫色の花を咲かせ始めている。

ついさっき一臣の寝かしつけを終え、紗英は駿之介とともにルーフバルコニーに置かれているラタン調のガーデン用ソファに腰を下ろした。

今夜はちょうど満月で、少し雲はあるものの柔らかに吹く風が肌に心地いい。

「駿ちゃん、『ベストハズバンドランキング』一位おめでとう。二位の俳優さんと一万票近く差がついてたね」

今日発売されたばかりの某育児雑誌で、駿之介が「ベストハズバンドランキング」の一位を獲得した。

「ブログにもおめでとうメッセージがたくさん届いてるし、公演チケットも完売したでしょ。おまけにグッズまで大人気だもの」

「メディアはこぞって僕の事を持ち上げてくれているけど、僕がそうでいられるのは紗英のおかげだ。ありがとう、紗英。グッズも、いろいろとアイデアを出してくれているんだろう?」

現在販売されている数十種類のグッズの中で、駿之介の名入りチャーム付き扇子は一番の人気商品だ。

以前はブロマイドや湯飲みなど、昔ながらのグッズのみの販売だった。

それを物足りなく思った紗英は、もっと実用的で購買意欲の湧くものはないかと考え、提案していくつか採用されて販売に至っている。そのひとつが、名入りチャーム付き扇子だ。

「そこはそれ――ほしい推しグッズは何かって考えたら、すぐに思いついちゃって」

「ありがたいな。紗英は僕と結婚しても、ファンとしての気持ちを忘れずにいてくれる。そんな姿勢が周りにも伝わってるんだと思うよ」

「そうだ。扇子と言えば、駿ちゃん、これ受け取ってくれる?」

紗英はソファのクッションの下に隠しておいた細い箱を取り出して彼に渡した。

「稽古用の舞扇、もうだいぶボロボロになってたでしょ? もうじき誕生日だし、そろそろ他のものも使ってみてもいいのかなと思って」

贔屓の扇専門店で誂《あつら》えたそれは、白地に墨で松の絵が描かれたものだ。
箱を開けて中を見た駿之介が、扇面を見てぱあっと顔を輝かせた。
「ありがとう。すごく嬉しいよ。今使っているものは、さすがにもう寿命だったから
ちょうどよかった。この松の絵、もしかして紗英が描いてくれたとか？」
駿之介が扇面を紗英のほうに向けて、そう問いかけてきた。
「わ……やっぱりわかっちゃうよね？　まだぜんぜん上手に描けなくて、ごめんね！
これでも一生懸命描いたんだけど――」
密かに練習を重ね、専門家にいろいろとアドバイスをもらいながらようやく描きき
った絵だ。けれど、当然プロの作品とは比べ物にならないし、筆さばきが拙すぎる。
「いや、すごく上手く描けているし、愛情がこもってるってわかるよ」
「そう言ってくれてありがとう。気持ちだけは目一杯こもってるから」
紗英は結婚して半年経った頃から、正三郎の友人である書道家から習字を習ってい
る。その一環で墨絵も学ぶようになっており、いくつかの作品を駿之介にも見せた事
があった。
舞扇は前からプレゼントしようと考えていたのだが、それを知った書道家が自分で
絵を描いてみるのはどうかと提案してくれたのだ。

「大切に使わせてもらうよ。そうだ、来月の一臣の誕生日には、これを選び取りの品に加えよう」

選び取りとは、子供の一歳を祝う伝統行事で、いくつかのアイテムを並べて将来を占うというものだ。

用意するのは筆、そろばん、ハサミ、辞書などのほかにそれぞれの家庭ならではのものが加わる場合もある。

松蔵家に生まれた一臣には、当然歌舞伎に関するものがプラスされる予定だ。

「私が絵を描いた舞扇でいいのかな？」

「もちろん、紗英が絵を描いた舞扇がいいに決まってる」

最近の一臣は、ハイハイを卒業して一人でよちよち歩くようになっている。誕生日当日も、きっと自分一人の力で将来を選び取る事だろう。

「言ってみれば、選び取りは一臣の初舞台だな」

「そうだね。一臣は何を選ぶんだろう。なんだか今からドキドキしてきた」

駿之介が笑い、手首をくるりと返して舞扇を回転させる。そのしぐさがあまりにも綺麗で、紗英は我知らず口をポカンと開けたまま彼の妙技に見入った。

「一臣が何を選ぶか、楽しみだな」

この頃の一臣は、前に比べるとだいぶ長く寝てくれるようになっており、二人だけの時間もかなり取れるようになっている。

夫婦は目下二人目の妊活中であり、上手くいけばきっとそう遠くない将来に新しい命が紗英のお腹に宿ってくれる事だろう。

「そういえば『納涼祭』へのお誘いの返事はもう来てる？　みんな出てくれそう？」

「納涼祭」とは、駿之介が自身の先輩役者とともに発起人になり、若手役者だけで歌舞伎公演を開こうというものだ。もう大方の段取りは済ませてあり、あとは出演する役者を募るだけになっている。

「何人かは二つ返事で参加すると言ってくれているし、あとはスケジュールの調整かな」

もともと駿之介は、あまりつるむのが得意ではないし、どちらかと言えば単独行動を好む傾向にあった。舞台に関しても出演を依頼されたら参加するが、自分から依頼するのは先日の単独公演の時が初めてだ。

「きちんと公演が決まったら、あちこちに知らせて宣伝してもらわないとね」

若手役者の中には自分の名前を売るために積極的にメディアに出る者もおり、方法さえ間違えなければそれ相応にメリットも期待できる。

それに、彼等は個人の知名度を上げるためだけではなく、少しでも歌舞伎に興味を持ってもらいたいという願いからそうしている事が多い。

その志は素晴らしいし、駿之介も彼等に触発され、自分でも何かできる事はないかと考えて「納涼祭」の開催を思いついたようだ。

「駿ちゃんって本当に歌舞伎を愛してるんだね。それを見てると、私ももっと頑張らないとって思うし、世界で一番大切に想う人をサポートできる毎日が楽しくて仕方ないの」

人は表舞台に立つ人ばかりではないし、一生を裏方の立場で終える人もいる。けれど、裏方であってもそれに生き甲斐を見出せるなら、どこで何をしていても人は輝ける。

『今はまだ手探り状態だけど、自分のやれる事、やるべき事を見つけてそれに一生懸命になれたらいいなって思うの』

紗英は、かつて「谷光堂」を継がないという道を進もうとする時に言った、自分自身の言葉を思い出した。そして、駿之介の妻として彼をサポートしている今の生活こそが、それなのだと思い、にっこりと微笑む。

「駿ちゃん、あのね――」

紗英が今思った事を話すと、駿之介が心底嬉しそうに破顔して、強く抱きしめてきた。

「紗英は最高の伴侶だ。愛してるよ、紗英……。僕と結婚して、紗英は幸せでいてくれているか？」

「ふふっ、当たり前でしょう？」

紗英は、きっぱりとそう言い切って朗らかに笑った。

「だって私、とことん駿ちゃんのファンなんだもの。駿ちゃん、愛してる……。駿ちゃんが、もっともっと高みに昇れるよう、これからも一生懸命サポートするね」

「ありがとう、紗英。紗英と一緒なら、どこまでも行ける気がする。かなり険しい道になるだろうけど、精一杯頑張るって誓うよ。それと、二人目についても頑張らないと」

駿之介の言葉を受けて、紗英は恥じらいながら彼の身体に腕を巻き付かせた。

ちょうど雲の切れ間になり、満月が夫婦の横顔を明々と照らし出す。

駿之介が舞扇をひらりと返し、二人の口元を隠した。

紗英は横目でチラリと満月を見上げると、微笑みながら駿之介の唇にそっとキスをするのだった。

番外編　選び取りの儀式

やってきた一臣の誕生日の空は、雲ひとつなくすっきりと晴れ渡っている。

招待客は義祖母と二人の両親のほかに、紗英の姉夫婦だ。

お祝いの会場は夫婦が住むマンションのリビングで、ラグの真ん中に座る一臣にそれぞれが誕生日プレゼントを手渡す。

積み木や絵本、ぬいぐるみに音の出る知育玩具。室内用のジャングルジムに車の乗用玩具など、新しいおもちゃを前に、一臣はすっかりご満悦の様子だ。

祝いの食卓を囲んだあとは、紗英手作りのケーキに蝋燭《ろうそく》を灯し、皆でバースデイソングを歌った。

途中、一臣のお昼寝を挟んで、いよいよ皆が楽しみにしていた選び取りの儀式が始まる。

十五畳の和室に場所を変え、畳の上に選び取りの品を置いた。

用意したのは、そろばん、ハサミ、定規、筆、お金など。そのほかにも、ボールやラッパ、マイク、鏡、和菓子を作る時の竹べらなどが並べられる。

最後に、駿之介が紗英からプレゼントされた舞扇を取り出し、サッと開いて並べられた品の間に丁寧に置いた。

「さあ、一臣。どれを選ぶ？」

紗英が声をかけると、一臣が抱っこをせがんでくる。

「抱っこはあとでね。ほら、あの中で好きなものを選んでみて。背中がちょっと重いだろうけど、頑張ってね」

紗英が示す方向に顔を向けると、一臣が「あぶっ」と言って目をぱちくりさせた。

よちよち歩きを始めている一臣だが、今は背中に「谷光堂」特製の一升餅入りの風呂敷を背負っている。さすがに立ち上がる事ができず、ハイハイの格好のまま足をジタバタさせた。

なんとか前に進もうとしているが、思うように動けずに、途中で一度へばりそうになった。

「ぶー」

それでも少しずつ前に進む一臣が、不満そうな声を上げて駿之介の顔を見た。

「一臣、いい子だから頑張れ！」

駿之介が一臣の顔を覗き込むようにして、声をかける。その顔をじっと見ていた一臣だったが、「きゃっ」と笑い声を上げたかと思ったら、突然ぐんぐんと前に進み始めた。

「おっ、あと少しだぞ」

「その調子で頑張って！」

親戚達の声援を浴びながら、一臣が選び取りの品々が並んでいるところまで進んだ。そして、皆のほうを振り返ろうとした拍子に、ぐるりと半回転してうしろにひっくり返った。

「あっ！」

紗英が驚いて駆け寄ろうとするのを、駿之介がそっと引き留める。

一臣はといえば、散らばった選び取りの品々に囲まれて、仰向けになって寝そべっている。一瞬泣き出すかと思ったが、聞こえてきたのは笑い声だ。

どうやら、ひっくり返ったのが面白かったらしい。少しの間、足をぴょこぴょこと蹴り出していたが、いつまで経っても起き上がれないのに焦れたのか、ふいに拗ねたような声を漏らした。

「まんま〜！」

「一臣、ゴロンだよ。ゴロンしてみて」

紗英は、駿之介とともにじりじりと一臣に近づきながら、そう声をかけた。

親戚達も、それに倣って少しずつ前に進みながら一臣を応援する。

「一臣ちゃん、ゴロン、ゴロンだよ。上手だよね、ゴロン」

「どっちにゴロンするのかな？　おばあちゃんに、やって見せてくれる？」

一臣が泣き出さないように、それぞれが笑顔で声をかける。

皆の掛け声が功を奏したのか、一臣が「んっ」と力んで左側に寝返りを打った。

「やったぁ！　一臣、偉いね！」

紗英は手を叩いて喜び、もう半歩一臣に近づいてさらに励まそうとした。

駿之介が紗英の横に並び、二人して一臣の目線に合わせて前かがみになる。

「あれ？　一臣……」

「あぶっ！」

目が合った愛息の手が、いつの間にか舞扇の親骨の部分を掴んでいる。それを見た一同が、同時にワッと声を上げた。

これも血筋というものだろうか。一臣は手にした舞扇をまじまじと見つめたあと、片手でぶんぶんと振り回し始めた。

「これはパパのためにママが絵を描いてプレゼントしてくれた舞扇だ。一臣はパパの宝物を選んでくれたんだな」

駿之介が一臣を抱き上げ、愛息の健闘を称えた。満足そうな顔をする一臣に、駿之介が頬ずりをする。

そんな二人を見て、紗英は愛おしさで胸がいっぱいになった。

「さすがパパの子だね、一臣」

紗英はそう言うと、一臣を抱く駿之介の身体に、そっと身を寄り添わせるのだった。

あとがき

「姉の代わりに推しの極上御曹司に娶られたら、寵愛を注がれて懐妊しました」を読んでくださった皆様。

本作をお買い求めいただき、ありがとうございました。

今回の物語では、実家の和菓子屋を継ぐつもりでいたのに、思いがけず幼馴染で最推しの歌舞伎役者の妻になったヒロインを描かせていただきました。

和菓子屋の娘から「梨園の妻」になった彼女の奮闘を楽しんでいただけたら幸いです。

「推し」という言葉が世に定着して久しいですが、皆様にもそれぞれに最推しがいらっしゃる事と思います。

かく言う私も、推しがおります。その対象を推す気持ちは時に海を渡らせ、エネルギーの源になってくれる。身体が弱っていても、推しに会うためなら気合いで復活するし、なんだかんだで連日頑張れる。

推しって、本当にありがたい存在ですよね。

推し活していると自然と行動範囲が広がったり、気の合う仲間ができたりする事もあるでしょう。そして、そこで得た推し友が一生の友達になる事だってあるのです。人でも物でも、推しがいるとそれだけで生活が潤う。

推しをきっかけに、人生が変わる人だっているのです。実のところ、私が今こうしていられるのも、推しがいてくれたおかげなのです。

ありがとう、推し！　あなたは私の恩人です！

ここまで読んでくださった皆様、本作を世に出すにあたり、ご尽力いただいたすべての方にお礼申し上げます。

皆様にとっての尊い存在が、いつまでも輝き続けますように。

また次回作でお会いできるのを楽しみにしております。

参考文献

服部幸雄・富田鉄之助・廣末 保編集『新版　歌舞伎事典』、平凡社、二〇一一
松本幸四郎監修、鈴木英一・竹内有一・阿部さとみ・前島美保・重藤 暁著『知っておきたい　歌舞伎 日本舞踊名曲一〇〇選』、淡交社、二〇二三

マーマレード文庫

姉の代わりに推しの極上御曹司に
娶られたら、寵愛を注がれて懐妊しました

2024年2月15日　第1刷発行　定価はカバーに表示してあります

著者　有允ひろみ　©HIROMI YUUIN 2024
編集　株式会社エースクリエイター
発行人　鈴木幸辰
発行所　株式会社ハーパーコリンズ・ジャパン
東京都千代田区大手町1-5-1
電話　04-2951-2000（注文）
0570-008091（読者サービス係）
印刷・製本　中央精版印刷株式会社

ISBN-978-4-596-53727-0

m a r m a l a d e b u n k o